Helena Morgen

Finger weg!

Ein kriminaler Reiseführer von La Gomera.

Roman.

Für Achim

Dank
Herzlichen Dank an alle, die mich motiviert, kritisiert und unterstützt haben.

Antworten auf nicht gestellte Fragen

1. Ich liebe die Insel und mag die Menschen, die auf ihr leben.
2. Die Kriminalgeschichte ist frei erfunden und entspricht nicht der Realität.
3. Die Personen führen ihr Eigenleben nur im Buch und entspringen ebenso der Fantasie wie die Fälle, Firmen und Finger. In Wirklichkeit gibt es sie nicht.
4. Ja, die Fakten über die Insel müssten stimmen.
5. Und: Nein, das bin nicht ich.

Wenden Sie sich bitte an helmorgen@gmail.com

Cover-Foto: Helena Morgen
Umschlaggestaltung: Helga I.
Layout: Henry Z.

Überarbeitete Ausgabe, Oktober 2015

DER INHALT in Kapiteln

Die Kunst, positiv zu denken.

„Tu dies, lass das!“ Sie hatte bislang diejenigen bemitleidet, die auf die üblichen Ratgeber hörten. Man muss loslassen. Gönne dir eine Auszeit. Für jede Sekunde im Leben gab es die passende Ratgeber-Lektüre. Wer fiel denn auf so etwas herein? Und nun ertappte sie sich, die erklärte Ratgeber-Literatur-Verächterin, wie sie sich einen Zettel nahm, um eine Liste zu schreiben. So weit war sie gekommen! Ein Psycho-Ratgeber-Artikel in der El País empfahl, 25 „virtudes“ aufzuschreiben. Virtud. Übersetzt Fähigkeit, Tugend, auf die Schnelle: positive Eigenschaften. Die Geringschätzung anderer (fürs Ratgeberlesen) und Überheblichkeit waren eindeutig das Gegenteil davon. Sie tröstete sich damit, dass die El País immerhin eine renommierte, spanische Tageszeitung war und das Semanal neben der Psycho-Ecke gute Reportagen und Kommentare brachte. Dafür brauchte sie sich nicht zu schämen.

25 gute Eigenschaften. Carola hatte gerade mal sieben notiert. Sie war gründlich, verantwortlich, kommunikativ, ordentlich, beweglich, hatte ein (meist) selbstsicheres Auftreten und war neugierig. Nein, „neugierig“ ist nicht positiv, auch wenn sie das für sich so sieht, lieber „abenteuerlustig“, nein, Abenteurer sind windige Hunde, das geht nicht, vielleicht „wissbegierig“? Ja. Das klingt gut. Und ... Sie zögerte wieder, kam ins Stocken. War sie intelligent? Klug? Naja, sie war nicht ganz doof. Aber das ist doch keine positive Eigenschaft!

Gott sei Dank hielt der Artikel für solche Fälle, wenn man ins Stocken geriet, einen weiteren Rat parat: Bitten Sie Ihre Freunde um Hilfe, wenn die Liste zu kurz ist. Tja, ihre Freunde.

Die meisten waren rund 3.500 Kilometer entfernt. Hier, auf La Gomera, einer kleinen Insel mitten im Atlantik, in der Nähe von Afrika, hatte sie bislang noch keine Freunde. Und schon gar nicht in *Las Rosas*. Das Dorf lag, weit weg vom Trubel, im Norden, ein wenig abseits. Es war ruhig. Für manche *zu* ruhig. Vermutlich gefiel ihr genau das: Es war einfach nichts los. Immer dieselben Gesichter, dieselben Gespräche. Carola hatte den Eindruck, dass die Menschen, die sie traf, sie mochten, was immer das hieß. Doch wirklich richtige Freunde, keine „gefällt-mir-Freunde"? Schwer zu sagen. Die einzige Freundin war Sabine. Also wählte sie Sabines Nummer. Schließlich war sie mit dafür verantwortlich, dass sie jetzt hier saß.

With a little help from my friend.

„Du siehst super aus! Für dein Alter". Den Zusatz hätte sich Sabine schenken können. Mit ihren 48 Jahren war Carola immerhin zwei Jahre jünger als Sabine. „Du aber auch, für stolze 50!", konterte sie. Die Liste der guten Eigenschaften war gewachsen. „Du bist immer gut gelaunt" – „und du lächelst immer". Wieder ein Punkt. Oder waren das zwei? Die Liste wuchs.

Sie stellten jede Menge Gemeinsamkeiten fest. Das brachte Sabine auf eine Idee, ganz spontan: „Hast du nicht Lust, für mich als Reiseleiterin zu arbeiten?" Pause. Das wäre Carola nie in den Sinn gekommen. Sabine hatte eine kleine Agentur. Sozusagen Betreuung von Touristen. „Jetzt kommen die Kreuzfahrtschiffe und da brauchen wir Reiseleiter, die gut mit Leuten umgehen können. Du hast doch eine tolle Ausstrahlung!" „Noch ein Punkt auf der Liste", dachte Carola und fühlte sich geschmeichelt. Sie hatte gelernt, dass Komplimente der Versuch sind, jemanden milde zu stimmen, um Macht über ihn zu gewinnen. Oder so ähnlich. Jemandem zu schmeicheln, wenn man etwas von ihm will. Vermutlich eine Erkenntnis aus der Psycho-Ecke der El País. „Aber ich habe keine Ahnung von alldem, bin doch gerade erst gelandet!" Sabine ließ nicht locker: „Aber natürlich, du kommst jetzt schon seit so vielen Jahren regelmäßig hierher – du kennst die Insel, Land und Leute, die Hintergründe..." „Aber ich war nie länger als vier Wochen da, im Urlaub, ich weiß nichts ..." – „Die paar Daten über La Gomera, die hast du schnell gelernt!" – „Lernfähig" ergänzte Carola im Geiste ihre Liste. Schön, wenn man Freunde hat. „Ich werde darüber nachdenken."

Denksport.

Carola dachte gerne nach. Wenn man nur nicht immer ins Grübeln käme! Im Grunde glaubte sie nicht, dass man mit Nachdenken weit kommen könnte. Abgesehen von den 3.500 Kilometern, die sie nun weg war von Hamburg. Wie sagte neulich jemand: „Denken ist Unterhaltung auf höchstem Niveau". Sie versuchte diese Art der Unterhaltung zu praktizieren und dabei darauf zu achten, dass ihr Gehirn keine Abkürzungen nahm. Illusion.

Reiseleiterin! Was soll denn das? Sie war Übersetzerin. Allerdings ohne Job. Und warum sollte sie es nicht probieren? Was könnte sie verlieren? Wollte sie nicht ein Probewohnjahr auf der Insel verbringen? Sabine hatte ihr gut zugeredet und ihr sogar eine Bleibe besorgt. Warum nicht auch gleich einen Job? „Ich habe ganz vergessen zu fragen, was man da verdient", fiel ihr ein. Geld. Gar kein so unwichtiges Thema. Oder?

Überhaupt, türmten sich eine Menge Fragen in ihrem hübschen Kopf, auf die sie gerne Antworten gefunden hätte. Genau hier, auf der sogenannten Aussteiger-Insel. Lebe ich richtig? Worauf kommt es an? Bin ich glücklich? Lohnt es sich, dem Geld hinterher zu rennen? Sollte ich nicht einmal etwas anderes ausprobieren, abseits von der Stadt, dem Trubel, der gewohnten Umgebung? Ihre Mutter, wenn sie noch leben würde, hätte gesagt: „Wenn's dem Esel zu wohl wird, geht er aufs Eis." Und sie war in ihrem Leben oft aufs Eis gegangen, von Ort zu Ort gewandert, von Süd nach Nord, von Abenteuer zu Abenteuer.

Jetzt war sie also in La Gomera. Zum Probewohnen. Der Ausdruck beruhigte sie. Er klang heimelig, unverbindlich und nach Experiment. In den Ratgebern hieß das Auszeit. Aber sie wollte ja kein AUS, sondern ein EIN. Sie wollte endlich in das *richtige* Leben *ein*tauchen und nicht nur herumgewirbelt werden. Sie wollte wissen, wie es ist, wenn man einsteigt in das Leben auf der Insel. Sie wollte wissen, wie sich die vier Jahreszeiten anfühlten, wann welche Pflanze blühte und wie sich Licht und Wetter mit den Monaten änderten. Und sie hoffte insgeheim, dass sie dabei herausfinden würde, was sie mit ihrem Restleben anfangen wollte. Sie hätte sich denken können, dass das Leben seinen Lauf nimmt, wie immer, egal, auf welchem Fleck der Erde man sitzt, und dass sie bald in einem Strudel stecken würde, aus dem herauszuschwimmen einige Mühe kosten würde. Aber soweit dachte sie jetzt nicht.

Sie griff zum Hörer. „Sabine?“ – „Kann ich auch mal erst zur Probe mitfahren, im Bus? Um zu sehen, wie das ist? Um ein wenig sicherer zu werden?“ Und: „Was verdient man eigentlich als Reiseleiter?“ Mit der Probe und dem richtigen Leben ist es so eine Sache. Dass sich beides nur schwer trennen lässt, sollte sie viel später deutlich erkennen – und da steckte sie bereits mittendrin.

Energie muss man haben.

Da lag sie in der Dämmerung: die „Ozean Oase". Kurz nach *El Molinito* tauchten die Lichter des Kreuzfahrtschiffes auf. Sah aus wie ein Hochhaus, das sich der Länge nach zum Schlaf hingelegt hatte. Aufgerichtet, wäre es mindestens dreimal so hoch gewesen wie das größte Gebäude von *San Sebastian*. Carola wollte vor Staunen der Mund offen bleiben, wenn er dies nicht ohnehin gewesen wäre. Sie musste gähnen. Um 6 Uhr aufstehen! Das hatte es lange nicht gegeben. Heute wurden sie schon um halb 8 an der Mole erwartet, weil es das erste Mal dieses Jahr war und alles nach Plan laufen sollte.

„In spätestens zehn Minuten sind wir unten am Hafen." Sabine war erstaunlich munter um diese Uhrzeit. Carola kam es vor, als vereinnahme das Kreuzfahrtschiff die kleine Inselhauptstadt. Der komplette Hafen von San Sebastian de La Gomera war besetzt. Ein Riesending.

Ihr fiel wieder ein, was ihre Internet-Recherche ergeben hatte. „Weißt du, dass ein Kreuzfahrer irrsinnig viel Energie verbraucht? Die meisten fahren mit Dieselaggregaten und verpulvern tonnenweise mieses Schweröl!" – „Wo hast du denn das her? Das gilt vielleicht für die alten Dampfer, das hier ist modern und umweltfreundlich" versuchte Sabine zu entkräften. Carola wollte ihnen beiden den Tag nicht verderben und sagte jetzt nicht, dass die weltweite Schifffahrt für fast zehn Prozent der Schwefeloxid-Emissionen verantwortlich ist.

Das hatte sie zumindest so gelesen. Sie hatte auch gelesen, dass die fünfzehn größten Schiffe der Welt 78.000 Tonnen der schädlichen Schwefeloxide ausstießen, während die Autos weltweit „nur“ für 76.760 Tonnen verantwortlich seien. Außerdem emittierten Schiffe Stickoxide und problematische Rußpartikel, die in der Arktis dafür sorgten, dass die (getrübten) Schnee- und Eisflächen die Sonnenstrahlen nicht mehr ordentlich reflektieren könnten. Ganz abgesehen von den Herz- und Lungenkrankheiten bei den Menschen. Aber vielleicht war das alles auch nur Angstmacherei oder Quatsch. Information aus dem Internet. Wer weiß schon, ob das stimmt. Also sagte sie nur: „So ein Dampfer ist ja eine schwimmende Stadt, wo alles funktionieren muss, Tag und Nacht: Klimaanlage, Heizung, Beleuchtung, Küche, Pool – für so viele Menschen! Weißt du, dass man sich da auch von seinem schlechten Gewissen freikaufen kann? Ablass. Ein Klimarechner sagt dir dann, wieviel du freiwillig für den Klimaschutz spenden kannst.“ Sabine verzog das Gesicht: „Sag bloß kein Wort davon zu den Gästen!“ – „Das versteht sich wohl von selbst.“ Carola dachte vor sich hin, dass man den Planeten und das Klima ja wohl nicht bestechen könne, sagte aber keinen Ton mehr.

Sie schwiegen, bis sie in die Hafenstraße einbogen, von den matten Scheinwerfern der Straßenbeleuchtung geleitet. Als Sabine zum Beifahrersitz hinübersah, fiel Carola gerade der Kopf auf die Brust. Beinahe wäre sie wieder eingenickt. Sie näherten sich dem Koloss, der kurz davor stand aufzuwachen. Falls der überhaupt jemals schlief.

Die neue Welle: Ozean Oase.

„Was ist denn da los? Die lassen nicht mal die Guides durchfahren? So habe ich den Hafen ja noch nie gesehen." Wenn Carola schon zu einer ausgeschlafenen Gefühlsregung imstande gewesen wäre, wäre sie jetzt wirklich erstaunt gewesen. „Hochsicherheitstrakt." Zufahrt zum Schiff verboten, Parken ebenso. Sie wurden von der Hafenpolizei zum Umdrehen gemahnt. „Ja, ja, sie machen sich riesig wichtig", sagte Sabine gelassen, drehte kurzerhand und stellte ihren Jeep in eine Parklücke an der Avenida Marítima. Sie waren früh dran. Ein wenig später, und auch hier wäre alles zugeparkt. Also gingen sie zu Fuß Richtung Hafen.

Im Gehen warf Sabine einen Blick auf ihr Mobiltelefon. Sie murmelte etwas vor sich hin, was Carola nicht verstand und zog die Stirn in Falten. „Is was, Sabine?" – „Der Flaco fehlt. Der sagt eigentlich immer Bescheid. Ist zuverlässig." – „Na, der wird schon auftauchen. Man kann ja mal was vergessen." – „Aber ausgerechnet heute, bei der Premiere? Das kann teuer werden, wenn irgendwas nicht klappt!"

Carola hatte sich auch ein „Móvil" gekauft. Notgedrungen. Ein Mobiltelefon war ein wichtiges Requisit der Reiseleiter. Jeder musste eine SMS schicken vor dem Losfahren – sie kamen von allen Ecken der Insel – damit Sabine auch sicher gehen konnte, dass alle pünktlich zur Arbeit eintreffen. Ein gutes Dutzend Guides.

Sie gingen ins Hafengebäude, das – wie vieles auf der Insel – mit EU-Fördergeldern erweitert worden war. Warum, war Carola nicht klar geworden. Bestand schon das alte Gebäude vor allem aus viel umbautem Raum – einer großen Wartehalle mit ein paar Stühlen, einigen Schaltern, an denen man Tickets für die Fähren kaufen oder ein Auto leihen konnte und sonst nichts. Seit Neuestem gab es einen schüchternen Versuch, Zeitungen und Souvenirs loszuwerden in den Pavillons vor der Halle. Lange Zeit hatten die Glaskästen in Schuhschachtelgröße leer gestanden.

Früher hätten sie zur Beruhigung – oder zum Wachwerden – erstmal einen Kaffee trinken können. Im ersten Stock gab es ein Selbstbedienungs-Restaurant mit einer riesigen überdachten Terrasse. Aber das war nun geschlossen. Es hatte dicht gemacht, wie viele andere Geschäfte und Läden auch. Krise. Und so reihte sich zu den neu gebauten Glaskästen, die zum Teil wohl nie eröffnet werden, die alte Infrastruktur dazu, die ihren Betrieb aufgab. Trotzdem: die Hoffnung stirbt zuletzt.

Ihr Anlaufziel war eindeutig der wichtigste Teil des Gebäudes. Und der wohl am meisten frequentierte: die Toiletten. Carola war nervös. Warum, wusste sie nicht genau. Hätte doch eher Sabine allen Grund nervös zu sein. Denn heute musste alles klappen. Ihr Auftrag stand auf dem Spiel. Doch sie ließ sich nichts anmerken.

Sie zupften vor den großen Spiegeln ihre Haare und Hemden zurecht. Der erste Eindruck zählt, weiß man doch. Dann verließen sie das Hafengebäude durch den langen Gang mit den vielen Türen, von denen keiner wusste, was sich dahinter verbarg. Der Gang mündete in einem Anbau, in dem eine Gepäck-Sicherheitsschleuse, die nie in Betrieb genommen war, achtlos in der Ecke stand. Ein neuer Warteraum mit fix montierten Sitzreihen. Für die Menschenmassen, die eines Tages kommen werden, vermutlich. Sicher.

„Ganz schön weit, bis da hinten", stöhne Carola. Es war windig. Und außerdem immer noch nicht hell. Der Hafen der gomerischen Hauptstadt wurde in den letzten Jahren mehrmals ausgebaut, die Mole verlängert, die Zufahrten verbreitert. Große Kreuzfahrtschiffe sollten die Insel anfahren können, Schiffe wie die „Ozean Oase". Mit über 2.000 Menschen an Bord. Fast ein Viertel der Einwohnerzahl von San Sebastian. Man verspricht sich davon neue Impulse im Tourismus. Kurz: Geld. Viel Geld. Viel mehr Geld.

Sabine grüßte die Jungs von der Hafenpolizei wie alte Bekannte, Carola lief einfach nebenher. Vier Fahrspuren waren am Boden markiert. Das war Carola bislang nie bewusst aufgefallen, was hier alles ausgebaut und verändert wurde. Sie war wach genug, um 14 Busse zu zählen, die in Reih' und Glied da standen. Abfahrbereit. Vierzehn Busse! Selbst die Busse durften nicht hinter die Absperrung zum Schiff fahren, sondern parkten vor dem Sperrbalken. Dort stand ein Container, der als Büro fungierte und auf den sie zusteuerten. Sabine schloss auf, nahm ein paar Papiere raus und machte ein offizielles Gesicht.

Jetzt erst nahm Carola die Menschen um sie herum wahr. Auf einige von ihnen ging Sabine zu – Menschen in Uniform, Küsschen hier, Lächeln dort, Listen wurden verglichen, kurze Briefings ausgetauscht. Carola malte sich derweil aus, wie wohl die Gäste nach und nach – oder alle auf einmal? – in die Busse lanciert werden sollten. Sabine hatte ihr vorher eingeschärft, dass sie mit niemandem „vom Schiff" reden solle, warum verstand sie nicht. Vermutlich war es nicht erlaubt, einfach mal probehalber mitzufahren.

Sie wartete geduldig. Ihre erste Probefahrt! Während Sabine ständig einen Blick auf ihr Mobiltelefon warf – so unauffällig wie möglich.

Ein gutes Geschäft.

Es war aussichtslos, Sabine anzusprechen. Carola spürte, dass irgendetwas nicht stimmte und dass jetzt der denkbar ungünstigste Zeitpunkt war, um nachzufragen, wie das mit der Probefahrt funktionieren könnte oder wo sie einsteigen sollte. Jetzt hatte sie erstmal das Gefühl, besser alles bleiben zu lassen.

Sie wollte schließlich Sabine das Geschäft nicht vermasseln. Die kleine Agentur von Sabine hatte den heißbegehrten Auftrag an Land gezogen, Tagesausflüge für die Touristen vom Schiff auszuführen. Dabei standen ganz schöne Summen auf dem Spiel. Sabine war nicht die Einzige, die große Hoffnungen auf das boomende Geschäft mit den Kreuzfahrtschiffen setzte. Eine Branche mit Zuwachsraten.

Es wurde viel geredet und publiziert – es war geradezu eine Kreuzfahrt-Hysterie ausgebrochen. Zumindest schien es Carola so, wenn sie das las, was die Inselregierung und die Politiker verlautbarten. Wieviel geben kaufkräftige Kreuzfahrt-Touristen am Tag aus? 50? 70? 100? Und das mal 2.000... Da sollte doch etwas hängenbleiben.

Man musste sich nur etwas ausdenken, wie die Besucher ihr Geld loswerden konnten, was normalerweise auf La Gomera nicht so leicht war. Es gab nicht viele Geschäfte und die schlossen dann, wie gewohnt, zur üblichen Siesta zwischen 14 und 17 Uhr. Findige merkten allerdings bald, dass es sich lohnen könnte, offen zu halten. Auch ein Kunsthandwerksmarkt wurde eilig ins Leben gerufen, verschiedene Events organisiert. Die kleinen Cafés in der Fußgängerzone waren gut besucht.

Nur die Inselregierung selbst, das Cabildo, ausgerechnet, rückte nicht von seinen Öffnungszeiten ab und schloss abwechselnd verschiedene historische Sehenswürdigkeiten – mal wegen Umbaus, weil irgendwelche Verträge nicht verlängert wurden, aus Kompetenzstreitigkeiten oder wegen Schlechtwetters und Fiesta. Gründe gab es genügend. Und so standen nicht nur einzelne Besucher vor verschlossenen Türen, sondern regelmäßig auch die Reiseleiter mit ihren Gruppen. Doch das wird Carola noch erfahren müssen.

Die Ausflüge buchten die Passagiere vorher auf dem Schiff. Die Tour für Sportliche (Golf, Tauchen), für Naturbegeisterte (Wandern). Und für Bequeme (Busfahren). Das waren die meisten. Touren für Menschen, die im Sitzen einen Einblick in die Insel bekommen wollten. Lange und kurze Touren. Vier oder acht Stunden. Mit kurzen Stopps, mit oder ohne Essen. Die Routen hießen beispielsweise „Panoramafahrt“ oder „Auf den Spuren von Kolumbus“. Carola hatte die Routenpläne gesehen und versucht, sich die wichtigsten Informationen zu besorgen.

Die erste kleine Gruppe der Schiffsreisenden näherte sich den Bussen. Deutsch, Englisch, Spanisch, die Sprachen gingen so durcheinander wie die Menschen, die sie gebrauchten. Einige verteilten Nummern und Routen, sprangen in die Busse und legten Zettel „reserviert“ auf die vordersten Sitzplätze für Rollstuhlfahrer und für Gäste, die nicht so gut laufen können. Es herrschte angestrengte Betriebsamkeit, die Carola mit dem Begriff Chaos bezeichnen würde. Nur die gomerischen Busfahrer lehnten entspannt an ihren Fahrzeugen und nahmen einen letzten Zug von ihrer Zigarette. Sie konnte nichts erschüttern.

Planlos.

An diesem Morgen lief nichts nach Plan, so kam es Carola vor, zumindest durchschaute sie das System nicht, als Sabine auf sie zustürzte: „Carola, du musst die Tagestour von Peter übernehmen! Er meldet sich nicht, es muss irgendwas passiert sein, das gibt es nicht, er ist hundert Prozent zuverlässig, er hätte mir was gesagt, ein Unfall, irgendwas, er ist nicht da, sein Telefon tot, nichts, kein Zeichen!" Sabine schnappte nach Luft. Peter, auch genannt el Flaco, der Dünne, war einer der erfahrensten Reiseleiter, auf die Sabine zählen konnte. Carola kannte Peter, wenn auch nur flüchtig. Er hatte auf Empfehlung Sabines vor zwei Wochen ihren Wasserboiler repariert. Ein altes Ding, das nur mit gutem Zureden funktionierte. Peter war ein Mann mit klarem, praktischem Verstand, hilfsbereit, sympathisch. Und ein Multitalent. Ein Typ, wie man ihn hier gebrauchen konnte.

Carola stand eine Sekunde starr vor Schreck, als müsse ihr Körper überprüfen, welche Konsequenzen das Gesagte für ihn haben könnte. Ausgerechnet die lange Tour. Acht Stunden. Sie hatte sich zwar ein wenig schlau gemacht, im Internet gesurft, ein paar Daten gesammelt, aber doch nur so zum Spaß. Hat sie davon überhaupt irgendetwas behalten? Panik blockierte ihr Hirn. Als ob Sabine Gedanken lesen konnte, fuhr sie fort: „Du machst das schon, du kannst das, es geht doch nur darum, dass die Leute einen Eindruck von der Insel bekommen und du sie bei Laune hältst. Das schaffst du, improvisier' halt ein bisschen." „Im Improvisieren bin ich nicht so schlecht", redete sich Carola gut zu. „Oh, ein Punkt auf der Liste!" Die besten Gedanken kommen doch immer dann, wenn man sie nicht gebrauchen kann. Und anstatt sich auf den neuen Job zu konzentrieren, philosophierte sie im Halbschlaf vor sich hin. „Im Grunde ist ja das ganze Leben ein Improvisieren, ein Provisorium. Man muss es nur merken! Warum nicht, improvisieren? Die Gomeros konnten das perfekt. Zumindest früher. Sie nahmen einfach das, was es gab und machten irgendwas draus. Aus alten Ölfässern Backförmchen, aus Bananenblättern Körbe und wenn sie einen Kindersitz im Lokal brauchten, stapelten sie einfach die Stühle übereinander. Fertig. Improvisieren geht über Probieren. Da war sie hier richtig. Und: hatte sie denn überhaupt eine andere Wahl? Konnte sie jetzt Sabine im Stich lassen? Jetzt, wo es darauf ankam, Hunderten von erwartungsfrohen Menschen die Höhepunkte von La Gomera zu zeigen? Die Konkurrenz schläft nicht. Sabines Vertrag galt nur ein halbes Jahr. Es ging um das Überleben ihrer kleinen Reiseagentur. Sie konnte Sabine nicht hängen lassen. Nicht Sabine, die ihr immer geholfen hat. Und wenn sie etwas gelernt hat in der kurzen Probewohnzeit, dann dies: Es ist hier nicht so einfach, einen halbwegs interessanten Job oder Auftrag zu bekommen.

„Bus Nummer 9“ sagte Sabine, ohne auf eine Antwort von Carola zu warten und drückte ihr ein Schild mit der Nummer 9 in die Hand. Sie war engagiert. Für die lange Tour. Acht Stunden mit vierzig fremden Menschen in einem Bus. Nummer 9. Serpentinen rauf und runter, acht lange Stunden, in denen sie jede Sekunde gefordert sein wird, Fragen beantworten und den Inselprofi geben muss. Und das als blutige Anfängerin. Carola war plötzlich hellwach. Jetzt nur nichts anmerken lassen. Noch ließen die Gäste auf sich warten.

Neben ihr stand Jens, ein Kollege, dem Bus Nr. 10 zugeteilt war. Sie hatte ihn schon zuvor bei der kurzen Besprechung von

Sabine mit ihren Reiseleitern gesehen und ihn für seine Lässigkeit bewundert. Offensichtlich ein alter Hase, der entspannt die Papiere nahm, die ihm Sabine in die Hand drückte. „Hallo, ich bin Carola, ich mach' das heute zum ersten Mal!" – „Hm." Jens schien kein großer Freund von Nebensätzen zu sein. „Kannst du mir das nochmal kurz erklären, wann ich wo sein muss?" Hilfsbereitschaft sieht anders aus als das, was Carola von Jens' Gesicht ablas. „Der Busfahrer weiß schon Bescheid", brachte Jens schließlich hervor. Nachdem sich die Sorgenfalten nicht von Carolas Stirn zurückzogen, ergänzte er: „Das wird schon, nur Mut!" Sehr hilfreich. Carola konnte Jens noch dazu nötigen, ihr seine Telefonnummer zu nennen, die sie in ihr neues Mobiltelefon speicherte. „Zur Sicherheit" stammelte sie und starrte auf den Routenplan. Acht Stunden. Wie sollte sie das überleben?

Peter, dem sie ihren Einsatz zu verdanken hatte – wenn das das richtige Wort ist – ist nicht aufgetaucht. Nicht später, nicht am Nachmittag und nicht am nächsten Tag. Um genauer zu sein: Er ist nie mehr aufgetaucht. Oder sagen wir, nicht in seiner gewohnten Form – als großgewachsener, energiegeladener, blonder Reiseleiter, *guía*, wie ihn die einen liebten und die anderen hassten.

Wo konnte er stecken? Es blieb ihr keine Zeit zum Nachdenken. Bus Nr. 9 war startklar. 38 Personen, Pax, wie eine Person im Tourismus-Jargon hieß, Pedro, der Busfahrer und Carola, die Reiseleiterin. Sie versuchte, die Nervosität aus ihrer Stimme zu verbannen, als sie das Mikrofon einschaltete: „Herzlich Willkommen, meine Damen und Herren, auf unserer Tour. Ich heiße Carola und habe das Vergnügen, Ihnen an diesem wunderbaren Tag die wunderschöne Insel La Gomera zu zeigen."

Von Null auf Tausend. Und zurück.

Überlebt. Als Carola am Abend zuhause ankam, ließ sie sich geradewegs auf das alte, knarrende Sofa fallen. Sie war hundemüde, aber ihr Kopf wollte, oder besser, musste noch einmal alles durchgehen. Erstmal runterkommen. „Glück gehabt. Das Wetter hat mitgespielt", sprach sie mit sich selbst. Laut – um den leichten Druck auf den Ohren loszuwerden, der sich so anfühlte, als würde gleich ein Tinnitus beginnen wollen, der sich aber nicht getraute. Das ist der Höhenunterschied. Sie hatte ihre erste Tour als Reiseleiterin überlebt. Hoffentlich hatte sie keine roten Flecken im Gesicht bekommen. Vor Aufregung. Wie sonst, wenn sie unsicher und aufgeregt war. Gesagt hatte keiner etwas.

Es klopfte an der Tür. „Ah, Sabine, schön, dass du noch vorbeischaust", ich bin gerade am Verdauen. Tee?" – „Ja, danke, das war ziemlich plötzlich, heute morgen, ein wenig chaotisch. Ist denn alles glatt gegangen?" Carola machte einen leicht erschöpften, aber durchaus zufriedenen Eindruck. „Von wegen Probefahren! Das war eine Prüfung, aber ich glaube, ich habe die Prüfung bestanden." Sabine lächelte: „Ja, da kommt man ganz schön auf Touren, von 0 auf 1.200. Viele Höhenmeter in kurzer Zeit, ganz schön anstrengend. Mir klingeln manchmal die Ohren". Carola erzählte von ihren Befürchtungen, die sie panikartig befallen hatten. Ich wusste nie: Haben sie den Witz verstanden? Finden die mich blöd? Stimmt die Information? Habe ich das richtig ausgesprochen? Soll ich eine Anekdote erzählen? „Ich glaube, ich habe die Pointen versaut."

„Am Anfang ist man unsicher, das ist ganz normal, du wirst sehen, mit der Zeit kriegst du Routine. Ich habe den Bewertungsbogen gesehen. Alle Achtung. Die Gäste waren sehr zufrieden." Carolas Mundwinkel gingen ohne ihr Zutun nach oben. Sie waren sich einig: Die Ausflügler waren in der Regel ausgesprochen nette Menschen, meist wohlwollende Rentner, gut gebildet, lebenslustig und sehr diszipliniert. Richtige Tourenprofis, hatte Carola den Verdacht, die genau wussten (im Gegensatz zu ihr), wie lange ein „Fotostopp" dauerte und die alle Treffen auf die Minute genau einhielten. „Nach der Pause im Valle haben schon alle gewartet, als ich mit Pedro vom Kaffeetrinken zum Bus kam. Wir waren die letzten. Wie peinlich." – „Gomerisch", lachte Sabine. „Du hast dich schon ganz schön angepasst." „Apropos Profis und anpassen. Hat sich Peter gemeldet?" „Nein. Wirklich merkwürdig." Sabine war schnell wieder verschwunden. Viel zu tun. Carola fand es nett, dass sie sich erkundigt hatte. Bei Gelegenheit müssten sie dann mal den ganzen Papierkram regeln.

Carola saß vor ihrem Tee und ließ weiter die einzelnen Situationen Revue passieren, jetzt schon etwas entspannter. Sie hatte sogar eine Beinahe-Krise gemeistert. „Das Essen war eine Zumutung! Wenn ich das gewusst hätte, hätte ich unten am Meer etwas gegessen!", empörte sich eine Dame. Die anderen schüttelten mit dem Kopf. Carola beinahe auch. Nur nicht persönlich nehmen, sie hatte ja schließlich nicht gekocht. Sie verteidigte das Lokal so gut es ging, fragte die Mitreisenden nach ihrer Meinung, kalmierte. „La Gomera ist keine Gourmet-Insel" meinte sie schließlich. Aua, sagt man das? Immerhin warb die Inselregierung mit viel Aufwand für die einheimischen Spezialitäten. Almogrote. Ziegenkäse. Wein. „Mi isla auténtica" war der Slogan. Sie wollte ja tatsächlich, dass die Gäste einen guten Eindruck mitnehmen und La Gomera in positiver Erinnerung behalten. Kritik ist da nicht angebracht. Überall liegen die Prospekte aus und sie sagt, Gomera sei keine Gourmet-Insel! Dabei fiel ihr der Ausspruch eines Freundes und Feinschmeckers ein, der einmal den Norden besucht hatte: „In *Agulo* ist es kalt und es gibt nur Eintopf." Frechheit. Schließlich war das Essen ja nicht in Agulo. Ebensowenig wie sie. Auch wenn Las Rosas zur Gemeinde von Agulo gehörte. „A culo", am Arsch, wie das gemeine Menschen fälschlich übersetzen wollten. Auf der anderen Seite: die besten Führungen, die sie erlebt hatte, waren die kritischen. Beispielsweise bei einer Stadtführung in Berlin. Wann war das? 1985? Auf jeden Fall vor dem Mauerfall. Im Westen. Vier Stunden Stadtrundfahrt mit Reiseführer vom Akademischen Austauschdienst organisiert. Er hatte schonungslos alle Missstände beim Namen genannt und Carola damit sehr beeindruckt.

Sie wollte die Insel nicht schönreden. Die Insel *war* schön. Und natürlich gab es viele Dinge, die im Argen lagen. Wie vermutlich überall. Sie interessierte sich eben auch für die Hintergründe. Mit Peter hatte sie darüber gesprochen. Nachdem ihr Wasserboiler wieder funktionierte, tranken sie noch einen Kaffee bei ihr. Carola fand seine Schilderungen sehr erhellend. Peter steigerte seine Wut im Laufe der Erzählungen, bis er meinte, er ließe bald die Bombe platzen: „Wie kann das sein, dass eines der schönsten Gebäude an einem der attraktivsten Stellen der Insel, jahrelang geschlossen war?" Er sprach vom Mirador Palmarejos. Ein Werk von César Manrique, dem Architekten, Künstler und Umweltschützer aus Lanzarote, der weltberühmt ist für seine einfühlsam in die Landschaft integrierten Bauwerke. In La Gomera hatte er diesen Aussichtspunkt gestaltet, der beinahe unsichtbar in der Landschaft verschwand und dessen Glasfront im Lokal eine spektakuläre Sicht auf das Valle Gran Rey freigab. Er blieb lange Zeit geschlossen, jetzt hatte das Lokal wieder geöffnet.

Carola hatte vor etlichen Jahren im Restaurant gegessen, als es von einer Gastrofachschule genutzt wurde. Sie war im Urlaub. Man hatte tatsächlich den Eindruck, über dem Tal zu schweben. Nah an der Glasfront konnte nur sitzen, wer schwindelfrei war. Sie hatte damals alle Mühe, ihre Freundin dazu zu bewegen, direkt am Abhang Platz zu nehmen, am Fenster. Die ungewöhnlichste Sicht eröffnete sich allerdings, wenn man/frau auf die Toilette ging. Dort schaute man durch ein „Bullauge" direkt ins Tal, auf Augenhöhe, wenn man auf dem Klo saß.

Bei ihrer Tour kam sie am Mirador vorbei, aber sie sagte lieber nichts von der Toilette, damit nicht die ganze Busladung aufs Klo stürmte ohne etwas zu konsumieren. Denn ein Besuch des Lokals war nicht eingeplant.

Sie stand mit der Gruppe draußen auf der Plattform. Dort, wo nach dem großen Brand das spanische Prinzenpaar stand, um sich vom Ausmaß der Verwüstungen ein Bild zu machen. Ein Brand im August hatte Pflanzen, Tiere und um die 100 Häuser vernichtet. Und natürlich wichtige Infrastruktur wie Wasserleitungen, Stromkabel und und. Eine Katastrophe. Zum Glück wurden die Menschen, wenn auch teils panikartig, evakuiert und niemand kam zu Schaden. Peter kümmerte sich um Hilfsaktionen, soweit Carola das mitbekam – die versprochenen öffentlichen Gelder ließen auf sich warten.

Die Insel wurde quasi über Nacht berühmt – wenn man sich auch andere Schlagzeilen gewünscht hätte als diese: „La Gomera in Flammen. Weltnaturerbe in Gefahr." Nun trieben die Palmen wieder aus, die Farbe Grün leuchtete aus dem Schwarz. Die Straße umrundete, wie immer, das kleine Kirchlein und lief in Kurven auf die Zielgerade zum Meer zu. Die Gäste waren beeindruckt.

Sie hatte ihren Text gelernt: „Über 4.000 Menschen leben hier, nach der Hauptstadt hat das Valle Gran Rey, „Walle“, wie es von der deutschen Community liebevoll genannt wird, die meisten Einwohner. Ein Drittel davon sind keine Spanier. Und von den Nicht-Spaniern kommen etliche aus Berlin. Hörbar.“ Immerhin ein paar Lacher. Und weiter: „Die Hälfte der Besucher verbringen ihren Urlaub dort. Früher war es bekannt für seine Hippies und Aussteiger, die in Höhlen wohnten und den Sonnenuntergang antrommelten. Heute schreiben die Althippies in ihrem Kultblatt „Der Valle Bote“ von „Schnabeltässlern“, die die Insel heimsuchten. Allerdings vergessen die Autoren dabei, dass sie selbst bereits der beschriebenen Zielgruppe sehr nahekommen. Zumindest alterstechnisch.“ Ein Sickerwitz, im Bus schienen sie zu schlafen.

Der „Schild-Bürgerstreich“ kam da schon besser an. Am Wegweiser im Park hatten Spaßvögel ein paar Buchstaben weggerubbelt. Statt „Valle Gran Rey“ stand auf dem Straßenschild: „alle ran ey!“

Agulo, el Bombón de La Gomera.

Am nächsten Morgen spazierte Carola vergnügt ins das Hauptdorf zum Frühstücken. Das Trinkgeld ihrer ersten Tour ausgeben. Juan knallte ihr den Kaffee wortlos auf die Theke, begab sich ebenso stumm zur *Plancha,* seinem Grill, auf dem er eines seiner wunderbaren *Bocadillos* zubereitete. Sie nahm meist das belegte Brötchen mit *Lomo,* Schweinelende. Mit allem. Salatblatt, Tomate, Zwiebel, Käse. Und vermutlich Mayo. Sein zuvorkommender Service wurde von einem Einheimischen, dem einzigen Gast in der Bar, kommentiert: „Guten Morgen, bitte schön, was darf's sein?" Juan drehte sich nur kurz von seiner Plancha um und sagte: „Carola kennt mich. Die weiß, wie ich das meine." Dann legte er ein umgebautes Bügeleisen auf das Brötchen am Grill, damit es platt und knusprig wurde. Er schob das Essen genauso lustlos in Richtung Carola wie vorher den Kaffee. Jetzt kam der Orangensaft dran. Frisch gepresst. Eins nach dem anderen. Hier ließ sich keiner hetzen. Wäre ja noch schöner! Carola genoss ihr Frühstück. Und bei den moderaten Preisen wird von ihrem verdienten Trinkgeld noch was übrig bleiben.

Obwohl das Lokal überhaupt nicht gemütlich war, fühlte sie sich hier wohler als in dem alten Steinhaus, das ihr Sabine überlassen hatte. „Was war denn früher in dem Haus in Las Rosas, in dem ich wohne, Juan?" Etwas knurrte hinter der massiven Holztheke: „Das kann nur ein Ziegenstall gewesen sein." Juan war bekannt für seinen derben Humor.

Es konnte nicht mehr lange dauern, bis die Hütte in sich zusammenfallen würde, aber sie hatte einen großen Vorteil. Sie war billig. Sehr billig. Sprich: kostenlos. Carola musste nur den

Strom und das Gas bezahlen, ihren Verbrauch. Die Besitzer, sympathische Skandinavier, hatten Sabine den Schlüssel anvertraut, um ab und zu nach dem Rechten zu sehen. Eigentlich stand es zum Verkauf, erzählte ihr Sabine. Das Paar hatte erst im Lauf der Zeit mitbekommen, dass es im Winter ganz schön schattig sein kann und die Sonne es manchmal nicht über den Berg schafft. Finster und kalt. Der Kaufvertrag wurde offensichtlich im Sommer abgeschlossen. Sie wollten sich das Häuschen ausbauen, um im „ewigen Frühling" zu leben. Der Besuch im nächsten Winter war ernüchternd. *So* hatten sie sich „den Süden" nicht vorgestellt. Es wird sich wohl nicht so bald ein Käufer für die Hütte finden. Sie besaß keinen Quadratmeter Grund, lediglich einen kleinen Innenhof und müsste von Grund auf renoviert werden. Wer tut sich das an?

Sabine dachte, es sei besser, wenn das Häuschen genutzt würde, bevor es ganz zusammenfiele. Und so hatte sie kurzerhand Carola die Schlüssel in die Hand gedrückt. Carola stellte zwei Blumentöpfe zum Eingang, belebte den Hof mit ein paar Kräutern und Rosen, hängte einen Farn über die Tür und richtete sich so heimelig wie möglich ein. Im Grund war ja alles da: Dusche, Warmwasser, Küche, Bett. Nur eben alles aus den 70er Jahren. Alt, abgewohnt und geschmacklos. Da muss man eben durch.

„Wenn der Job erst richtig anläuft, werde ich mir eine schöne Wohnung oder vielleicht sogar ein Haus mit Garten mieten" sinnierte Carola, während sie den Milchkaffee herunterschluckte. Immerhin hatte sie erstmal ein Dach über dem Kopf. Kommt Zeit, kommt Alternative. Jetzt wollte sie nicht darüber nachdenken, wie und wo sie sich eine neue Bleibe suchen könnte, sondern gemütlich frühstücken, soweit das eben möglich war.

„Hast du Arbeit?“ Juan sprach! Erstaunlich. „Ich bin dabei, vermutlich mache ich Reiseleiterin.“ Schweigen. Die Unterhaltung lief stockend, bis sie auf Themen kamen, bei denen Juan plötzlich in Redefluss geriet. Von alten Zeiten. Und von der Politik. Dann ging's los: „Heute lautet das Motto der Politiker: Je auffälliger, umso besser. Höher, größer, schneller, weiter. Sie wollen Rekorde brechen, Prestige sammeln, Wählerstimmen gewinnen. Aber meine kriegen sie nicht!“, wetterte Juan. Carola kannte sich in der Politik nicht so gut aus, nickte brav. „Der neue Mirador Abrante ist eine echte Fehlplanung. Das Ding sieht von unten aus wie eine Seilbahnstation, von weitem wie ein Ziegelstall und nur, wenn man direkt davor oder drin steht, gefällt einem die Architektur. Vielleicht.“

Carola hatte im Internet gesehen, dass das Bauwerk in einem Architektur-Magazin auf der Titelseite erschien. Preisgekrönt. Damit brüstete sich die Gemeinde. Das Foto sah super aus.

Genutzt wurde der Mirador allerdings nicht. Noch nicht. In letzter Zeit bewegte sich etwas. Die hässliche Absperrung um den Eisenzaun war verschwunden, man sah von unten Licht brennen und das neueste Gerücht sprach davon, dass der spektakuläre Aussichtspunkt in Kürze in Betrieb genommen werde. Dann wäre doch alles gut. Oder?

Carola staunte, wie sich Juan echauffieren konnte über diesen Einfall der Gemeinde, über das Gebäude, das förmlich über Agulo schwebte. Mit 7-Meter-Glas-Skywalk, wie das Superprojekt angekündigt wurde. Peter hätte sicher die Hintergründe gekannt. Wer da was kassiert hat. Carola hatte keine Ahnung, konnte aber die Befürchtungen nachvollziehen: Warum sollte man eine Million für ein sinnloses Bauwerk verpulvern? Mit öffentlichen Geldern etwas finanzieren, was nachher vermutlich wenigen Privaten zugute kam? Für die Handvoll Wanderer kann das ja wohl nicht gedacht gewesen sein. Am Ende war die Natur zerstört, der Zauber dieses einzigartigen Ortes verflogen. Früher, ja, früher, da war das romantisch. Die „alten Zeiten" waren als Konversationsthema sehr beliebt. Das „Früher-war-alles-besser" hatte es längst auf die Insel geschafft. Selbst Carola ließ sich einen Moment von dieser Welle wegtragen. Sie wusste noch, wie es damals war.

An der Steilwand, die Agulo im Halbkreis umgibt, führt ein Wanderweg hinauf. Als Carola zum ersten Mal, vor vielen Jahren, Menschen wie Miniaturen in der Felswand entdeckte, erklärte sie diese kurzerhand für verrückt. Erst als ihr Freunde erzählten, sie seien diesen Weg, „de los pasos", hinaufgegangen, dachte sie: „Wenn die das können, kann ich das auch." Das ist ewig her, war in den 90ern. Letztes Jahrhundert. Schließlich machte sie sich auf den Weg. Schritt für Schritt, denn man musste unweigerlich alle paar Meter stehenbleiben, um ein Foto zu machen. Außerdem hatte sie so eine Ausrede für eine Verschnaufpause, denn es ging steil bergauf. Der Weg war breiter als gedacht, er wand sich in Schlaufen hinauf. Mit jedem Meter eröffnete sich eine neue Sicht auf das Dorf. Toll. Dann ging es an einem Staubecken vorbei und schließlich gelangte sie auf ein Plateau aus roter Erde. Sah aus wie ein Tennisplatz, nichts als rote Erde. Nichts. Genau da, wo heute der Mirador steht. Irgendwo musste sie die alten Fotos haben. Sie hatte Mühe, danach den feinen roten Staub von ihren Turnschuhen wieder wegzukriegen. Erosion. „Ich weiß noch, wie ich mich in den roten Dünen verirrte, weil alles gleich aussah. Und dann fand ich diesen verflixten Eukalyptusbaum nicht. Es war neblig", fügte sie entschuldigend an. Juan lachte.

Heute steht die Tour in jedem Reiseführer und ist sehr beliebt. Wenn Wanderer mit Stöcken und Kniebundhosen hinter dem Friedhof von Agulo auftauchten, kamen sie meist vom Steilhang. „Was wollen denn Wanderer am liebsten? Unberührte Natur. In Ruhe Picknick machen. Schöne Aussichten. Aber doch keinen Betonklotz oder einen Megaevent!“, schlug Carola in die gleiche Kerbe, die es ja als „Zielgruppe“ genau wissen musste. „Jetzt, wo sie den Parkplatz hergerichtet haben, werden die Leute wohl bald in Bussen angekarrt. Fehlt nur noch, dass sie die Straße verbreitern.“ Das waren die schlimmsten Visionen, nicht ganz abwegig. „Vielleicht glauben manche Politiker ja wirklich, dass Fortschritt so aussieht?“ Carola beruhigte sich wieder. Es kann alles ganz anders kommen. Wer weiß das schon.

In La Gomera wird nichts so heiß gegessen, wie es gekocht wird. Und vieles von dem, was angekündigt wird, kommt nie. Das ist die große Chance, dachte sich Carola. Manchmal hat es was Gutes, dass in Krisenzeiten die Gelder ausgehen. Dann können sie keine sinnlose Projekte finanzieren.

Carola ärgerte es, dass der Mirador mit großem Brimborium eröffnet wurde – Politikerreden, Fernsehen – um danach gleich wieder geschlossen zu werden. Kein Zugang. Wer den atemberaubenden Ausblick erleben wollte, musste halsbrecherische Umwege machen. Knapp daneben eben.

Was sie nicht erwähnte, war, dass sie am Tag der Eröffnung auf der Glas-Plattform stand und hinunter sah. Beeindruckend. Sie war zufällig in der Nähe spazieren und konnte kurz in das Gebäude rein, als die Vorbereitungen liefen. Sie musste die Schuhe ausziehen, um keine Spuren zu hinterlassen für die

Eröffnung mit den Ehrengästen. Sie konnte Juan nicht ganz zustimmen. Schön war es schon, wenn man es nur „sanft" nutzen könnte. Sanfter Tourismus war doch das Stichwort in aller Munde. Warum bauten sie eigentlich keinen Sessellift? Von der Avenida in Agulo hinauf auf den Berg. Da müsste man keine Straße erweitern, die Leute würden beim Warten im Dorf einen Kaffee trinken und dann umweltschonend zum Mirador Abrante transportiert, falls sie nicht ohnehin zu Fuß gehen wollten. Wie in den Alpen. Aber sie waren hier nicht in den Alpen.

Carola hat Glück

Carola beschloss, sich anzumelden. Gleich morgen. Offiziell als Reiseleiterin, als guía. Sabine riet ihr, sich selbständig zu machen. „*Autónoma*". Eine Anstellung kam für viele Betriebe nicht in Frage. Zu teuer. So sparten sie die Lohnnebenkosten. Und außerdem wusste man ja nie, wie sich das Geschäft entwickelte. Aber sie machte ihr Hoffnung auf reichlich Beschäftigung. Carola war skeptisch, weil sie in Hamburg Übersetzerkollegen kannte, die es als Selbständige nicht leicht hatten. Da hieß es: alles selbst machen. Buchhaltung, Steuern, Versicherungen. Doch dann ließ sie sich von der Begeisterung anstecken, mit der Sabine die rosige Zukunft des Reiseleiterdaseins und des blühenden Tourismus' schilderte. „Wir haben Anfragen von Filmteams, außerdem habe ich viele neue, interessante Kontakte, wenn das alles was wird, dann wirst du noch vor Arbeit stöhnen", hatte Sabine gesagt. Carola wollte ihr glauben. Denn langfristige Perspektiven gab es auf der Insel kaum. Keine Fünfjahrespläne, man dachte längstens in Halbjahresabschnitten. Die Gomeros, sofern sie nicht einen der immer weniger werdenden Posten im staatlichen Gesundheitssystem hatten oder Lehrer, Apotheker und Bürgermeister waren, wechselten zwischen befristeten Verträgen und Arbeitslosigkeit. Oder sie hielten sich mit einem kleinen Geschäft über Wasser, einem Supermarkt, einer Bar. Wer konnte, suchte auf den größeren Nachbarinseln sein Glück. Ansonsten lebte man von einem Tag auf den nächsten. Sí dios quiere. So Gott will. Es waren harte Zeiten. Und das im 21. Jahrhundert!

Carola hatte sich – als künftig vielbeschäftigte Reiseleiterin – in die Materie vertieft. Natur. Historie. Ökonomie. Soziales. Sie bildete sich ein, die Gomeros langsam besser zu verstehen.

Das Leben im Paradies war nicht einfach. Die Subventionen für die Bananen liefen aus und man suchte neue Einnahmequellen. Baugeschäft. Und Tourismus. In beiden Bereichen schlug die Krise zu. Doch die Gomeros waren Überlebenskünstler. Sie haben unter jahrhundertelanger Ausbeutung gelernt, genügsam für sich selbst zu sorgen. Zumindest diejenigen, die noch auf der Insel geblieben waren. Eine Million Canarios war über den Erdball verstreut, viele in Cuba und Venezuela. Die ländliche Struktur half in Krisenzeiten: jeder hatte ein Stück Land, wenn auch nicht immer das eigene, das zumindest Kartoffeln, Mais und Tomaten hergab, da konnten die Weltmärkte auf Lebensmittel spekulieren und die Banken krachen, wie sie wollten. Wo es Wasser gab, wuchsen Avocados, Orangen, Kürbis. Und die meisten hatten ein Dach über dem Kopf. Ein Haus, in dem die ganze Familie unterkam. Irgendwer hatte immer ein Einkommen, und wenn es nur das Arbeitslosengeld oder die Rente der Oma war, mit dem man über die Runden kam. Kommen musste.

Carola hatte diesen Familienverband nicht. Gott sei Dank. Sie konnte tun und lassen, was sie wollte. Ganz spontan, ohne dass irgendwer seinen Senf dazu gab. Agulo war eine kleine Gemeinde, in der jeder jeden kannte und nichts verborgen blieb. *Agulo limpio*, „sauberes Agulo“ prangte als Leitspruch auf dem Wagen der Müllabfuhr. Selbst in Las Rosas, wo die Häuser nicht so dicht aneinanderklebten, stand jeder Schritt unter Beobachtung. Am Anfang hatte das Carola gestört, jetzt empfand sie es nicht mehr als soziale Kontrolle, sondern als soziales Eingebundensein. Denn die Kehrseite der fehlenden Familie: Sie kannte viele Überlebenstricks nicht, wusste nicht, wie man mit Behörden umgeht, hatte keine „wichtigen“ Kontakte. Keine „Mangas“, also „Vitamin B“, Beziehungen. Und niemanden, der ihr erklärte, wie der Hase lief. Da war sie auf andere angewiesen. „Heute mittag mache ich mir was Gutes zu essen", sagte Carola zu sich und zu ihrem Haustier, dem Holzwurm, und ging in den kleinen Tante Emma Laden. *„Un kilo de papas, por favor!"* Kartoffeln. *„papas fritas?"* kam die etwas ratlose Antwort des Jungen zurück. Nein, keine Pommes Frites, normale Kartoffeln. Da brach neben ihr Ima in schallendes Gelächter aus: „Kind, komm mit, die gebe ich dir!" Kein Mensch, abgesehen von den Touristen, kauft Kartoffeln. Jeder hat welche. Oder bekommt welche. Carolas Einkauf im Lädchen fiel eher schmal aus und trotzdem kam sie mit vollen Tüten nach Hause. Bei allem, was sie bestellte, verhinderte Ima ihren Einkauf und meinte, kein Problem, das könne sie alles von ihr bekommen. Geschenkt. Ima war eine Tante von Sabines Mann, die Carola seit vielen Jahren kannte. Carola war ein paarmal bei den Familienfesten dabei gewesen. Besonders gern dachte sie an die Fiestas auf dem Kartoffelacker. Nach der Ernte wurden die Kartoffeln in einem großen Feuer geröstet. Dazu gab's Wein und Käse. Auch schon Jahre her! Carola kam bepackt aus Imas Haus – mit Kartoffeln, Eiern, Salat und Petersilie. So kann es weitergehen.

Sie hatte wirklich Glück. Sie wohnte kostenlos, bekam ihr Essen geschenkt und guten Wein gab's auch, lächelte sie auf dem Heimweg vor sich hin. Beinahe wäre sie mit Sabine zusammen gestoßen. „Hoppla!, Großeinkauf?" „Ja, stell' dir vor, das meiste habe ich von eurer Tante Ima geschenkt bekommen." „Da passt ja meine gute Nachricht bestens ins Bild" lachte Sabine. Carola war gespannt. „Willst du ein Auto? Erstmal geborgt?" Carola dachte nicht, dass es an diesem Tag noch eine Steigerung ihrer Seligkeit geben konnte: „Du hast ein Auto für mich?", sagte sie euphorisch. „Ja. Freunde von mir haben ein Haus in Hermigua

und die würden dir ihr Auto überlassen, wenn sie nicht da sind. Sie kommen nur zwei oder drei Mal im Jahr auf die Insel. Und es ist besser, wenn es bewegt wird, als wenn es vor sich hinrostet. Du brauchst nur die Wartung und den Sprit zu übernehmen."
Carola war begeistert. „Ich bin ein Glückskind!"

Alta de Autónomos.

Gleich am nächsten Tag setzte sich Carola in ihren kleinen, geborgten Panda, den sie natürlich sofort abgeholt hatte, und brauste los. Richtung „Stadt", in die *Villa*, wie San Sebastian auch genannt wurde. Schon nach ein paar Kilometern, mitten in Hermigua, dem Nachbardorf, musste sie scharf bremsen. Der Pfau aus dem Park, in dem die geplante Kampfstätte für die „lucha canaria" kurzerhand zum Spielplatz umfunktioniert wurde, ging genüsslich über die Straße. Er schlug ein Rad, schrie entsetzlich und stolzierte schnurstracks in die Apotheke. Immer bremsbereit fahren, war abgefragt. Die meisten praktizierten das auch, wenn sie keine bösen Überraschungen erleben wollten. Denn hier konnte hinter jeder Kurve etwas lauern. Etwas Gutes. Oder etwas weniger Gutes.

Nach dem Straßenausbau mit den drei neuen Tunnels war man schon in vierzig Minuten in der Hauptstadt. Obwohl man meist über den dritten Gang nicht hinauskommt – zu viele Kurven. Außer beim dritten Tunnel: da geht es bergab, die Straße ist schön breit und kerzengerade. Carola wollte das Autochen mal richtig aufdrehen und schaltete in den vierten Gang. 73 km/h wird später die Polizei behaupten. Radar. Sie wusste gar nicht, dass es Radargeräte auf der Insel gab. Das war neu. Und überraschend. Zumindest für Carola. Wer kommt schon auf die Idee, mit der Laserpistole herumzustehen, wenn man sowieso kaum schneller als 50, 60 Stundenkilometer fahren kann? Wie sie dachten wohl viele. Das erfuhr sie später in der Kneipe, als alle von ihren Strafzetteln erzählten. Es hatte die halbe Insel erwischt, schien es. Das Perfide bemerkte Carola erst später: auf dem Schild vor dem Tunnel stand die erlaubte Geschwindigkeit: 40 km/h. Ein paar Kurven nach dem Tunnel stand *„Trafico“* , die Verkehrspolizei, und klärte Carola über ihr Fehlverhalten auf. *„Exceso de velocidad“*, hieß es in der Anzeige. “Geschwindigkeitsexzess”. Ein sehr übertriebener Ausdruck für “Geschwindigkeitsübertretung” und ein paar Kilometer zuviel, wie sie fand. Der Polizist tippte die Daten in einen Minicomputer und nannte ihr eine horrende Summe als Strafe. Carola schluckte. Hoffentlich wird sie jetzt noch rechtzeitig zu ihren Behörden kommen.

Sie wusste, dass Behördengänge langwierig, umständlich, zeit- und nervenaufreibend waren und erwartete nicht, alles an einem Vormittag erledigen zu können. Normalerweise, so ihre Erfahrung, dauerte hier alles mindestens dreimal so lange wie gewohnt. Sie wusste ja nicht einmal genau, welche Behörde für sie zuständig war. Sie rannte auf der Hauptstraße in irgendein Büro, das offiziell aussah. Die Tür stand offen. Es war das Büro der Sozialversicherung. Sie fragte den Erstbesten in der Warteschlange. Glück gehabt. Er kannte sich aus, schickte sie weiter, erklärte ihr genau, wo sie hingehen müsse.

Zuerst: Hacienda. Hacienda war nicht etwa ein Lied von Rex Gildo, so hieß das spanische Finanzamt. Und dann musste sie noch zum *Cabildo*, zur gomerischen Inselregierung. Die Kanaren haben einen Autonomiestatus, also musste sie sich auch auf den Kanaren anmelden. Damit alles seine Ordnung hat. Seguridad Social kannte sie ja schon. Die Sozialversicherung. Alle Angestellten waren sehr nett zu ihr, obwohl sie meist nur die Hälfte verstand, denn Bürokraten-Deutsch war schon schlimm genug, aber Bürokraten-Spanisch waren böhmische Dörfer. Chinesisch. Immerhin hatte sie wichtige neue Ausdrücke gelernt wie *dar de alta* (sich anmelden) und *alta de autónomos*, die Anmeldung für Selbständige.

Ein Wunder: Es hatte alles geklappt. *Alta de Autónomos.* Ihre Laune hob sich, sie vergaß fast ihr Bußgeld und setzte sich in die Strandbar. „Jetzt bin ich selbständig!“, eigentlich müsste sie ein Gläschen Sekt trinken. Prosecco gab's natürlich nicht, italienisch. Und Cava trinken war nicht üblich. Vielleicht auf der *Peninsula*, auf dem Festland. Kaum ein Lokal, in dem man ein Glas des spanischen Sekts bekommen konnte. Und schon gar nicht trockenen. „Vielleicht sollte ich eine Sektbude aufmachen und Cava ausschenken für die Touristen“ kam ihr schon die erste Geschäftsidee. Das Selbständigsein wirkt.

Die Bar *Ciosco* wurde von einem freundlichen Ehepaar geführt, das Essen war gut. Sie hätte gerne einen frischen Fisch gegessen. Aber nach dem Schreck mit der Verkehrspolizei bestellte sich sich nur einen Kaffee. Sie musste sparen. Und hier zogen die Preise mit jeder Saison etwas an. Geschäftstüchtig. Vorbildlich.

Danach bummelte sie am breiten Sandstrand entlang, schwarzer Sand, Holzstege, die versandeten, ein Volleyballfeld. Die Duschen funktionierten. Der Gestank kam von der Kläranlage. Kläranlagen bauten die Gomeros grundsätzlich am Publikumsstrand in bester Lage schien ihr. Ein paar Touristen lagen im Sand und einige getrauten sich sogar ins Wasser. Das Meer war ruhig. Die Flamboyant-Bäume auf der Promenade hatten noch viel vor, wenn sie so hoch werden wollten wie die im gegenüberliegenden Park. Feuer-Akazien. Die Sitzbänke waren frei, kein Schatten. Taxifahrer spielten unter einer Palme Domino.

Sie ging in die kleine Bucht hinter dem Tunnel. Cueva. „Selbständig. Was für ein Luxus. Und das in meinem Alter!“ Sie hatte keinen Plan, wie es weitergehen sollte. Einfach nicht dran denken. Das war natürlich kindisch. Sie kam sich vor wie ein kleines Kind, das die Augen zumacht und glaubt, man würde es nicht sehen. Sie hatte gar nicht erst versucht, ihre Entscheidung irgend jemandem zu erklären. Sie wusste, dass selbst ihre Freunde sie nicht verstehen würden. War das ein Abenteuer? Worauf kommt es wirklich an? Kann ihr das mal jemand sagen? Finanzielle Sicherheit. Regelmäßiges Einkommen. Sicherer Job. Vorsorgen. Überhaupt. Sorgen. Alles weit weg. Was ist das? Was ist wirklich wahr? Der Sand an ihren Füßen. Das Salz auf den Lippen. Der Wind, der ihre Haare herumwirbelte. Klischee.

Hatte sie nicht gerade hier, in dieser Bucht, frisch verliebt gesessen und einem Jungen tief in die Augen geschaut? Vor langer Zeit. Zu der Zeit, als die Bucht einfach so war, wie sie war, ohne Straße, ohne Pflaster, ohne Tauchclub, ohne Restaurant. Nur zu erreichen durch den Tunnel, den man jetzt auch umgehen konnte. Sie saßen damals in einer windschiefen Bude bei Wein und frischem Ziegenkäse. Wildromantisch. „Die Insel ist so klein, dass sich unwillkürlich trifft, wer sich treffen soll", dachte sie. Und: „Wann war ich eigentlich das letzte Mal verliebt?" Ihr fiel plötzlich Peter ein. Wollte sie den nicht anrufen? Sie hat seine Nummer nicht hier. Zuhause. Zeit, wieder zurück zu fahren. 25 Kilometer über den Berg.

Vor dem Tunnel, an dem sie erwischt wurde, war von der Verkehrspolizei weit und breit nichts mehr zu sehen (gut, sie hatte auf der Hinfahrt ja auch erst nichts gesehen). Es überkam sie ein mulmiges Gefühl. Sie wollte nicht, dass sich dieses Unwohlsein hartnäckig hielt, wie das gute Gefühl, das sie beim letzten Tunnel hatte, ein paar Kilometer weiter. Der alte Tunnel oben, auf dem höchsten Punkt, dem *cumbre*, markierte die Klimascheide zwischen Nord und Süd. Es war nicht zu fassen: Auf einer Seite fuhr man bei herrlichstem Sonnenschein hinein und nach 80 Metern (wie lang war der Tunnel eigentlich?) kam man in einer Nebel- oder Wolkenbank wieder heraus. Oder umgekehrt. Unglaublich. Alles auf kleinstem Raum. Carola war immer wieder fasziniert. Und diese Faszination nutzte sich auch die vielen Male nicht ab, die sie durch diesen Tunnel mittlerweile gefahren war.

Er löste jedes Mal die gleiche Erinnerung aus. An das erste Mal, als sie vor über zwanzig Jahren auf die Insel kamen. Sie, Sabine und noch eine dritte Freundin, Monika. Es war ein Unfall, dass sie im Norden landeten. Ihr Ziel war das Valle Gran Rey, wo die meisten Touristen hinfuhren, die La Gomera besuchten. Heute wie vor zwanzig Jahren. Nur hatte sich mittlerweile die Klientel geändert. Wenn die Gäste im Bus fragten, wie Carola auf die Insel kam, würde sie ihnen die Geschichte des „Unfalls" erzählen. In den 80er Jahren war die Olsen-Fähre zwei Stunden unterwegs von Los Cristianos in Teneriffa bis La Gomera. Carola und ihre beiden Freundinnen kamen abends um 22 Uhr an und hatten dem Taxifahrer gesagt, er solle sie in ein Hotel in San Sebastian bringen. Ein Witz. Mit dem Taxi von der Fähre nach San Sebastian! Das sind vielleicht 100 Meter Fußweg. Aber es war stockfinster. Die Beleuchtung war nicht wie heute, sie kannten sich nicht aus, konnten kein Wort spanisch und befolgten den Rat, der im Reiseführer stand: Suchen Sie sich zunächst ein Hotel in der Hauptstadt und fahren sie am nächsten Tag ins Valle Gran Rey.

Damals, auf der alten, engen Straße, mussten sich die Autos die gefährlichen Serpentinen hinauf- und wieder hinunter schlängeln. Vor jeder Kurve wurde gehupt. Also ständig. Pech, wenn der öffentliche Bus (selten) oder ein Lastwagen entgegenkamen. Dann musste rangiert werden. Zu dieser Zeit war es wohl tatsächlich unmöglich, auch nur an einer einzigen Stelle der Insel in den vierten Gang zu schalten. Von Radar gar nicht zu reden. Carola wird das bei ihrer Tour genau an der Stelle schildern, wo man einen Blick auf die Reste der alten Straße werfen konnte. Direkt am Abhang. Es sah gefährlich aus. Kein Vergleich zu den breiten, ausgebauten Hauptstraßen von heute.

Die drei Mädels verstanden nichts von dem, was der Taxifahrer sagte, sie konnten nur ahnen, was er meinte: es sei Karneval und alle Hotels belegt. Aber er würde sich darum kümmern, dass sie eine Unterkunft fänden. Nach einer Stunde Fahrt auf der kriminellen Straße, stetig bergauf, ohne dass sie irgendetwas sehen konnten, überlegten die Drei, ob sie intervenieren sollten. Aber was hätten sie tun sollen? Sie konnten sich nicht verständigen. Es war stockdunkel, sie hatten keine Ahnung, wo sie waren, um sie herum war nichts. Sie waren auf das Wohlwollen des Fahrers angewiesen. Also sagten sie nichts. Erst als nach dem besagten Tunnel, rechts in der Ferne, Lichter auftauchten, meinte Monika, dass sie auf der falschen Seite seien.

Das Valle Gran Rey war im Südwesten. Also hätte das (Lichter-) Meer links sein müssen. (Was für eine seltsame Rechnung!). Sie sagte nur: „Kinder, wir sind auf der falschen Seite!“ Und wer glaubte, das Auto hielt nach einer weiteren halben Stunde irgendwo in der spärlichen Lichterkette an, die sich erst viel später als Hermigua herausstellte, der täuschte sich. Einmal stoppte der Fahrer an einer Telefonzelle, er gestikulierte mit dem Hörer in der Hand, sie verstanden nichts – und er fuhr aus dem Dorf wieder hinaus. Carola durchzuckte ein Gedankenblitz: Sollte sie für jüngere Gäste erläutern, was eine Telefonzelle ist? Nein, so ein Quatsch!

Also kurz: Die Mädels wussten nicht, ob sie nun verzweifelt sein sollten oder ob sie einfach nur erschöpft waren von der Reise. Es war bereits Mitternacht. Sie fuhren aus Hermigua heraus, weitere Serpentinen, Landstraße, Finsternis. Schließlich hielt ihr Taxi rund fünf Kilometer weiter im nächsten Dorf, mitten in Agulo, direkt vor der Kirche. Der Chauffeur deutete stolz auf die Tür der Pension Mercedes, die es schon lange nicht mehr gibt, und überließ sie ihrem Schicksal. Ein dünner, alter Mann brachte ihnen am darauffolgenden Morgen einen kleinen Espresso in ihr gemeinsames Zimmer, und sie erkundigten sich höflich, wo sie sich befänden. In Agulo. Die Landkarte bestätigte, was sie befürchteten. Agulo, im Nordosten, war die denkbar weiteste Strecke entfernt von ihrem ursprünglichen Ziel. Das Valle Gran Rey lag auf der anderen Seite, im Südwesten.

Sabine hat sich in einen Gomero verliebt und ist geblieben. Carola hatte sich in die Insel verliebt, vor allem in die Landschaft im Norden, und kam regelmäßig zu Besuch. Und die Dritte im Bunde wählte ein Leben ohne Insel. Sie verliebte sich in Deutschland. Immerhin: Zwei von Drei, die Ausbeute. Es gibt ein Lied über Agulo mit ebendiesem Titel *Agulo*, in dem dieses Phänomen besungen wird: Man kommt und geht, aber man kommt immer wieder. Sehnsucht. Ein Schmalzlied. Es war eines der wenigen Lieder, die Carola mitsingen konnte. Bei den anderen vergaß sie immer den Text.

Carolas erster Weg, als sie daheim ankam, führte zu ihrem Computer. Sie hatte zwar keine Luxusvilla, aber einen Internetanschluss. Das Installieren war erstaunlich schnell und problemlos gegangen. Sie checkte ihre E-Mails. Nichts Wichtiges. Keine einzige Nachricht. Stillstand. Sollte sie sich übers Internet bewerben, auf Jobsuche gehen? Sie könnte sich vorstellen, jetzt so eine kleine Übersetzungsarbeit zu übernehmen. Das würde sie ablenken. Beruhigen. Und ihr ein paar Kröten einbringen, die sie dringend nötig hatte. Jetzt, wo sie auch noch das Bußgeld bezahlen musste. Aber es war nichts.

Sie griff zum Hörer und wählte Peters Nummer. Die Mailbox sprang an. Sie drückte auf „Sabine". Musik. Mailbox. Schließlich wählte sie Jens' Nummer, die sie vorsichtshalber gespeichert hatte. „Diga?" sagte eine ruhige Männerstimme. Vielleicht ist es das, was ich brauche. Einen beruhigenden Einfluss. Jemanden, der sich nicht aus der Ruhe bringen lässt. „Jens, hallo, hier ist Carola, du weißt schon, wir haben uns am Hafen gesehen, bei Sabine. Also, ich bin ja jetzt quasi eine Kollegin von dir und da dachte ich mir ..."

Licht am Ende des Tunnels?

Sie parkten das Auto in der Kurve. Jens hatte sich breit schlagen lassen, mit Carola eine Erkundungstour zu unternehmen.

Carola fand es peinlich für eine Reiseleiterin, dass sie noch nie durch den Tunnel nach El Cedro gelaufen ist. Der berühmte Tunnel, von dem alle sprachen, als handele es sich um einen Initiationsritus, den man unbedingt durchlaufen haben musste, um als Kenner der Insel zu gelten. Kein üblicher Tunnel, nicht wie der Autotunnel mit der Klimascheide, sondern eigentlich ein Kanalrohr, durch das man zu Fuß gehen konnte. Eher was für Abenteurer.

Zumindest wenn man den „Insidern“ zuhörte, klang es so: Der Tunnel soll kalt, nass, finster und niedrig sein, so niedrig, dass großgewachsene Europäer sich ducken müssen. Und so schmal, dass man zu Zweit nicht nebeneinander hergehen kann. Angeblich ist es darin unheimlich, es gibt Tiere, und Wasser schwappt in die Gummistiefel. 700 Meter Abkürzung für die, die nicht über den Bergrücken hinaufgehen wollen. 700 Meter Finsternis. Hell wird es erst kurz vor dem Ausgang. Man braucht also eine Lampe und wasserfeste Schuhe. Das zumindest wird Carola künftig jedem raten, der sie fragen wird. Viele Wanderer dürften sich in der Röhre die eine oder andere Beule geholt haben.

Warum war sie eigentlich nie durch diesen Tunnel gewandert? Sie war schließlich oft genug als Touristin hier oben, im Cedro, aber immer auf anderen Wegen. Sie kannte nicht einmal genau den Einstieg. Jetzt war es Zeit, das endlich nachzuholen. Denn El Cedro war ein Kernstück des Nationalparks, vom Waldbrand

Gott sei Dank verschont geblieben. Immergrüner Nebelwald. Was ist *El Cedro* eigentlich? Ein Platz, ein Stück Wald, ein Dorf? Sie überlegte, wie sie es als Reiseleiterin formulieren würde. Auf jeden Fall ist es ein gut besuchtes Ausflugsziel auf über 800 Meter Höhe, in einem verträumten Wald, mit einem Bachlauf, einer kleinen Kapelle, dem einzigen Campingplatz der Insel, ein paar verstreuten Häusern und einem Ausflugslokal, dem Restaurant La Vista. Das kannte sie.

Carola fühlte sich sicher. Sie hatte einen fachkundigen Führer (komisches Wort dachte sie, der spanische Ausdruck *guía* war ihr sympathischer) dabei, der jeden Strauch und jede Fliege auf der Insel zu kennen schien. Es war nicht leicht, Jens zu diesem Ausflug zu überreden. Er meidet Menschen, lebt zurückgezogen im Barranco von San Sebastian, wo er sich auf dem Grundstück seines Bruders ein Haus gebaut hat. Jens ist Mediziner, hatte in seinem früheren Leben mit Menschen meist erst dann zu tun, wenn sie tot waren. Er war Forensiker. Bis er frühpensioniert wurde. Mit 55. Invalide. Unfähig, seinen Beruf auszuüben. Hinausgemobbt aus dem Job. Jens antwortete auf die Frage: „Wie geht es dir?" grundsätzlich mit „man lebt" – und im Spanischen mit *„estoy"*, ich bin – nicht wie die anderen: *„estoy bien"*, mir geht's gut.

Er, der Österreicher mit dem norddeutschen Namen, hatte eine ungewöhnliche Aufgabe übernommen. Er beteiligte sich an der Öffnung der Massengräber aus dem spanischen Bürgerkrieg. Quasi auf den Spuren seines Großvaters, der in den finsteren Zeiten auf Seiten der Republikaner stand, wie einige Freiheitskämpfer aus Österreich. Vergeblich, wie alle Welt weiß. Und nun schien auch der Kampf um die Aufklärung der düsteren

Geheimnisse jener Tage in immer weitere Ferne zu rücken. Jens litt. Er wollte doch nur helfen. Helfen, den Angehörigen Klarheit zu verschaffen. Helfen, eine Geschichte zu schreiben, die auf Tatsachen beruht und nicht auf Gerüchten und Vorurteilen. Aber offensichtlich gab es immer noch genügend Widerstand von den Kräften, die eben diese Aufklärung fürchteten. Jens gab schließlich auf. Er zog sich frustriert zurück. Er war mit seiner Energie und seinem Idealismus am Ende. Ein Versuch, sich wieder in den Krankenhausbetrieb einzugliedern, scheiterte. Er brannte aus. Die Kollegen waren ihm zuwider, obwohl er nicht einmal sagen konnte, warum. Am liebsten waren ihm noch die Leichen. Aber kaum betrat er seinen Arbeitsplatz, überkam ihn eine vehemente Übelkeit. Die Ärzte in den Stationen über ihm konnten ihm nicht helfen.

Das war zumindest die Version, die sich Carola zusammengebastelt hatte. Jens sprach nicht über sich und sein Leben. Sie musste seine Biographie mühsam aus Informationen von anderen zusammenpuzzeln. Und dann wusste sie nicht, ob es vielleicht doch nur Gerüchte waren.

Sein Bruder Georg, der sich Jahre vorher in La Gomera niedergelassen hatte, holte ihn schließlich auf die Insel. Jens erholte sich so rasch, dass er beschloss zu bleiben. Er versuchte, sich von Menschen fernzuhalten (von lebenden wie von toten). Dafür hielt er sich an alles andere, was die Insel zu bieten hatte: Steine, Pflanzen, Tiere. Naja, Tiere weniger, die erinnerten ihn zu sehr an Menschen. Aber vor allem Steine und Pflanzen hatten es ihm angetan. Er verschlang Informationen über Vulkanismus und Passatwinde, durchstreifte jeden Quadratmeter der Insel zu Fuß, erkundete die Wanderwege, fotografierte jedes Blatt. Schon bei der kurzen Besprechung der *guías* hatte Carola den Eindruck, Jens sei das wandelnde Gomera-Lexikon, an den müsse sie sich halten. Jens sah nicht gerade aus wie ein Frauenheld: klein, Bauchansatz, seine graublonden Haare führten vom Glatzenansatz zu einem dünnen Schwänzchen im Nacken, Brillenträger. Junggeselle. Vermutlich aus gutem Grund.

„Jens, was täte ich ohne dich! Es wäre die reinste Ressourcenverschwendung, wenn du dein enormes Wissen nicht weitergeben würdest!" Sabine hatte ihn mit ihren einnehmenden Komplimenten so weit gebracht, dass er nicht nein sagen konnte. Frauen gegenüber schien Jens zugänglicher zu sein. „Keiner kennt die Insel so wie du, keiner kann die Touristen so beeindrucken. Du bist MEIN Mann! Einen besseren kann ich mir gar nicht vorstellen."

Carola versuchte den gleichen Trick. Sie hatte sich die Vorgehensweise von Sabine abgeschaut. Zusätzlich appellierte sie an sein soziales Gewissen: „Lass mich bitte nicht hängen, Jens, ich weiß doch gar nichts. Du kennst die Fragen der Touristen und die Antworten darauf, du könntest mich doch ganz schnell anlernen. Nur ein bisschen! Bitte!"

Sie nannte Jens den „Experten". Natürlich kannte der Experte den Weg von Hermigua aus, durch den Tunnel ins Cedro, in- und auswendig. Mitten in der Natur war der schweigsame Jens plötzlich wie verwandelt und es sprudelte nur so aus ihm heraus. „Das hier", sagte er, „ist ein Gagelbaum". Blöder Name, dachte Carola für sich und sah weit und breit nur Brombeeren. Denn die kannte sie.

Es waren nur ein paar Schritte von der Straße zum Tunneleingang, aber schon auf dieser kurzen Strecke lief Jens zur Höchstform auf: „und hier, die Dinger, die am Fels kleben, sind endemisch: Bea, eine Aeonium-Art. Sieht aus wie unsere Fette Henne, eine Hauswurz, gibt's nur hier!" erklärte er stolz, als habe er die Pflanze eigenhändig gezüchtet. „En... was?" „Endemisch!, wie das Känguru in Australien". Carola wollte sich das Wort einprägen. Endemisch. Gibt's nur hier. Pflanzen, die es nur auf den Kanaren gibt – oder sogar nur auf La Gomera. La Gomera hat eine ganze Menge davon. Jens nannte ihr auch eine Zahl, aber Carola war immer noch damit beschäftigt, sich das Wort „endemisch" zu merken und sich dafür einen anderen Vergleich als den mit dem Känguru zu suchen.

Bald standen sie vor dem Eingang des Tunnels, Jens hatte schon den unteren Teil seines Hosenbeins abgezappt und eingepackt. Carola betrachtete das gähnende Loch im Felsen. Sieht doch ganz harmlos aus. Nicht so niedrig, wie sie es sich vorgestellt hatte, sie konnte gerade noch aufrecht gehen – eine Röhre halt, grob in den Fels gehauen, aber mit Zement ausgebessert, sodass man das Gefühl hatte, der unterirdische Gang werde regelmäßig „gewartet". Der Experte zog seine Gummistiefel an, schwang die Wanderschuhe über die Schulter und knipste seine Stirnlampe an. Profi, dachte Carola. Sie konnte nicht ahnen, was Jens zusätzlich in seinen Wanderrucksack eingepackt hatte, ohne es zu wissen.

Sie hatte keine Gummistiefel und keine Stirnlampe. Sie zog die Badeschlappen aus ihrem bunten Beutel und eine Taschenlampe mit einem müden Strahl von der noch müderen Batterie. Es hatte kürzlich geregnet und das Wasser stand knöcheltief in der Rinne.

„Ist doch auch schon egal, wenn nasse Füße, dann gleich richtig". Sie krempelte die Hosenbeine hoch und ging ins Dunkle. Mit ihrer Taschenlampe sah sie so gut wie nichts. „Ich gehe vor und leuchte dir" rief Jens hinter ihr – ohne einen Vorwurf im Unterton. Gut, dass sie den Experten dabei hatte. Eigentlich war er doch ganz nett. Sie stapften durch den Tunnel. Jens fürsorglich vorneweg, Achtung, hier ein Stein, Carola mit den Flip-Flops hinterher. Mit so einer Ausrüstung und dem Outfit wird sie nie eine richtige Reiseleiterin werden. Sie waren schon eine ganze Weile – auf ihrer Uhr erkannte sie nichts – unterwegs. Es roch undefiniert modrig und ihre Füße wurden immer kälter, 700 Meter, uff!, fast ein Kilometer, bei dem tastenden Tempo konnte das noch dauern! Bevor sie sich ausmalen wollte, welche Tiere sich unter ihren Füßen tummelten und wie lange es wohl dauerte, bis die Zehen blau anliefen, dachte sie lieber an eine Kneippkur. Sicher sehr gesund, eine Weile im kalten Wasser zu waten. Carola hatte Übung darin, sich in den schwierigen Situationen ihre eigene Wahrheit zu zimmern. Und manchmal sogar ganz ohne Alkohol. Jens hingegen befürchtete immer das Schlimmste. Das erhöhte die Chance, dass es prompt eintrat. Was aber das Schlimmste an diesem Spaziergang war, sollte sich erst herausstellen, als sie daheim ankamen.

Sie gewannen an Höhe, der Wasserpegel sank. Und endlich: Licht! „So lang kann ein Tunnel gar nicht sein, dass nicht am Ende ein Licht erscheint." Die Ratgeberliteratur tat ihre Wirkung. Carola staunte über sich selbst. Zu ihrer Begrüßung hing am Ausgang ein ausrangierter Wanderschuh an einer Stange. Carola machte ein Foto. Lustig. „Und das ist nicht etwa ein Farn, sondern eine Saudistel, auch Gänsedistel genannt", deutete der Experte in die andere Richtung. Saudistel. Das gefiel

Carola. Das würde sie im Gedächtnis behalten. Zumindest den Namen. Ansonsten sah die Pflanze wie ein Löwenzahn aus. Ein Löwenzahn am Stiel. Wie konnte Jens nur all diese seltsamen Gewächse unterscheiden? Die sehen doch alle gleich aus. Sie hatte ihr Pflanzenbuch in der Hand. „Das sieht hier alles ganz anders aus", beschwerte sie sich. Das Bild im Buch zeigte die Pflanze zu einer bestimmten Jahreszeit bzw. wenn sie blüht. Wenn die Blüten oder die Früchte weg sind, schließlich ist jetzt so gut wie Winter, dann sieht die Sache schon wieder ganz anders aus. Vor allem bei den Lorbeerbäumen waren die verschiedenen Arten schwer zu unterscheiden, auch bei manchen Sträuchern. Eins wie das andere.

Carola trocknete ihre Füße kurz in der Sonne und zog wieder ihre Turnschuhe an. Hinter ihr rauschte ein kleines Bächlein. Fast schon kitschig. Sie ließen das Ausflugslokal rechts liegen und arbeiteten sich Blatt für Blatt den Waldwanderweg entlang. Carola gab sich Mühe, einen *Cedro*, der ein Zedern-Wacholder ist, zu entdecken, fand aber keinen. „Das heißt hier doch *El Cedro*. Wo sind die denn. Und wie sehen die aus?" Jens erklärte ihr erst einmal *Fayal Brezal*, wie's so schön im Lehrbuch steht, Gagelbaum und Baumheide, immer schön abwechselnd. Jens ließ sich über die Baumheide aus. „Wie unsere Erika, nur eben viel größer, bis zu 14 Meter" sagte er, voll im Dienst. Aber Jens kam doch aus Österreich, gibt es da Heidekraut? Jens würde viel besser in die Lüneburger Heide passen. Jens und Erika. Vielleicht war seine Herkunft ein Märchen und alles über seinen Beruf, über sich, alles erlogen, um nichts von sich preiszugeben? Vielleicht hatte er sich eine neue Identität zugelegt, die ihm besser passte. Sein Trick, die Vergangenheit zu verarbeiten. Oder sich interessant zu machen? Carola driftete ab. Aber Jens blieb beinhart beim Thema. Beim *Cedro* hängen die Blätter. Sind das Blätter oder Nadeln? Bei der *Sabina*, dem Phönizischen Wacholder, stehen die Blätter. Eher die Äste. Carola zog die Stirn in Falten, als könne sie sich dann die Unterschiede besser einprägen. „Ich merke mir das nie!"

Von Nebel war nichts zu sehen. Keine Spur. Die Sonne strahlte, als wolle sie alle bösen Geister vertreiben und endlich Schluss machen mit den Passatwolken. Ihre sanften Strahlen bahnten sich den Weg durch die Bäume, die Blätter, das Moos und leuchteten den Waldboden an, der an manchen Stellen übersät war mit Lilien. Lila-rosa Lilien. Massenweise. „Blumen sind doch viel schöner als die blöden Bäume", Carola liebte Blumen – „Hauptsache die Bäume stehen da und sorgen für das richtige Klima oder geben Schatten, mehr müssen sie ja nicht tun und mehr muss ich auch nicht wissen." Am liebsten hätte sie einen großen Strauß Lilien gepflückt für die Vase. Ihre alte Hütte würde ein wenig Freundlichkeit vertragen. Sie atmete tief ein, als könnte sie dann wenigstens den Blumenduft mit nach Hause nehmen, wenn schon nicht die Pflanze selbst. „Streng verboten, irgendwelche Pflanzen, Holz oder sonstwas aus dem Park mitzunehmen" hatte Jens gesagt. Er dozierte weiter, in La Gomera sei der Lorbeerwald, der *Laurisilva*, der größte zusammenhängende Lorbeerwald weltweit, „trotz Brand?", unterbrach Carola, Jens fuhr völlig unbeeindruckt fort. Es gäbe hauptsächlich vier Lorbeerarten, die aber nicht zum Würzen taugten und eine Sorte sei besonders giftig. *Persea Indica*. Schöner Name, murmelte Carola.

Jens erzählte noch die Geschichte – oder war es eine Legende? – vom tödlichen Gift der *Persea Indica*, genannt *Viñatico*. Bereits geringe Mengen der Pflanze führten zum Tod von Menschen, aber eine Spezies berausche sich an den jungen Trieben der Pflanze – die Ratte. Für Ratten wirke das Gift nicht tödlich, im Gegenteil, es sei eine Delikatesse, von der sie „high“ würden und dann selig über die Straßen torkelten. Bis das nächste Auto kommt. Dann fände man das eine oder andere Expemlar plattgewalzt, mitten im Viñatico-Taumel überfahren. Jens schien die Geschichte zu amüsieren, Carola war nicht sicher, ob er sie damit nicht auf den Arm nehmen wollte.

Sie gingen an ein paar Häusern vorbei, alte Steinhäuser, renoviert, aber unbewohnt. „Warum wohnt hier eigentlich keiner? Ich stelle mir das schön vor, mitten in einem Lilienfeld zu leben“, meinte Carola. Der Blick von Jens war eindeutig: tja Kindchen, so naiv wie du muss man sein. „Ja, sehr schön, vor allem, wenn hier der Nebel durchzieht und einen blickdichten Schleier auf die Blumen legt“ kam aus seinem Mund. Stimmt. Daran hatte Carola nicht gedacht. Im Winter konnten die Temperaturen empfindlich nah an die 0-Grad-Grenze heranreichen. Auch wenn im Reiseführer die jährliche Durchschnittstemperatur im Lorbeerwald mit 13-15 Grad angegeben war. Durchschnitt eben. Zudem hat man keine Nachbarn. Beziehungsweise wenige. Oder welche, die nie da sind. Oder solche, die einem das Leben zur Hölle machen können, wie Jens erzählte. Nein, im *Cedro* will sie nicht wohnen. Wandern ja. Wunderbar.

Sie kamen zu der kleinen *Ermita de Nuestra Señora de Lourdes.* Jens hatte natürlich ein paar Bananen, ein Stückchen Käse und Brot dabei und sie setzten sich auf die Mauer zum Picknick. Eine Flasche Wein wäre jetzt optimal, aber Jens hatte nur Wasser eingepackt. Carola nichts. In ihrem bunten Beutel waren die

Badeschlappen, die Funzel von Taschenlampe, ein Päckchen Papiertaschentücher (für die „Toiletten" unterwegs), ein Fettstift für die trockenen Lippen und ihr Wohnungsschlüssel. In der Hand hielt sie das Pflanzenbuch und ihren kleinen Fotoapparat. „Du denkst aber auch wirklich an alles, Jens. Danke."

Die Ermita war geschlossen, ein einfacher Bau mit einer grünen Holztür und einem Ziegeldach, einem lustigen Kreuz obendrauf, das nicht etwa in der Mitte des Kirchleins saß, sondern seitlich über der Tür, wie ein Faschingshütchen auf einem Narrenkopf. Vielleicht ist es mit dem Anbau mittig? Rundherum ein gepflasterter Platz, auf dem jedes Jahr im August eine Fiesta gefeiert wird. Dahinter, im Wald, dem offiziellen Picknick-Platz, lief das Wasser einer Quelle direkt aus einem Baum heraus, originell, drum herum scharte sich eine Wandergruppe, die Fotos machte und lachte. Ein beliebtes Wanderziel. Sollte sie irgendwann einmal eine Wandergruppe führen (können), wird sie sicher auch dort sitzen und Fragen neugieriger Touristen beantworten. Jetzt schien ihr das in unerreichbarer Ferne.

Sabine bot eine Wanderroute an, die vom höchsten Berg der Insel, dem *Garajonay* (ja, ja, genau 1487 Meter hoch), dem *Alto de Garajonay*, bis zum *Cedro* führt. Diese Tour leitete seit Jahren Norberto. Carola war den Weg vor vielen Jahren einmal gelaufen, mit einem Freund, aber sie kann sich nicht mehr genau erinnern. Damals waren die Wanderwege auch noch nicht so gut ausgeschildert wie heute. Ihn jetzt umgekehrt, also vom *Cedro* zum Gipfel zu gehen, würde Stunden dauern. Und wie sollten sie dann wieder zum Auto kommen, das in der Kurve zum Tunneleingang stand? Nein, sie gingen wieder zurück. Carola hatte sowieso das Gefühl, mit Informationen überladen zu sein. Mehr ging nicht.

Sie musste sich das bei Gelegenheit alles aufschreiben, sonst war die ganze Mühe umsonst.

Der Rückweg durch den Tunnel war bereits Routine. Jens' alter Opel wartete in der Kurve und brachte zunächst Carola nach Hause, danach offenbar Jens in seinen Barranco. Denn gut eine Stunde später läutete das Telefon: „Carola, ich habe was Seltsames gefunden, an meinen abgezappten Hosenbeinen, unglaublich, kannst du dir das erklären ...?"

Wohl bekomm's!

Jeder andere hätte nicht gewusst, was er sich da eingefangen hat. Einen wabbeligen Klumpen von undefinierbarer Farbe (schwarzweißbraun). Jens wusste sofort, was die lästige Klette, *Amor Seco*, ein Unkraut, festhielt und mit ihr an seinem Hosenbein klebte: es war ein winziger Teil Menschenfleisch. Genauer gesagt, ein Teil eines Fingers. Ganz genau: das zweite Glied des linken Zeigefingers.

Ohne Nachzudenken hatte Jens Carola angerufen. Sie fühlte sich geehrt, dass er sie in seine Geheimnisse einweihte. „Bist du ganz sicher? Ein Finger? Von einem Menschen? Iiiiih.“ Jens erwog, den Finger einfach in den Müll zu werfen. Er wollte nichts mit der Sache zu tun haben. Und tote Menschen waren für ihn mittlerweile so uninteressant wie die lebenden. Er hatte längst bereut, Carolas Nummer gewählt zu haben. „Du musst zur Polizei gehen,“ redete sie ihm ins Gewissen.

Jens blieb gelassen. „Ich kenne einen Schreiner, der hat nur noch drei Finger. Vielleicht hat der einen da oben angebaut.“ Carola hätte in den Hörer kotzen können bei der Vorstellung. „Witz!“, schiebt Jens schnell nach, was aber nicht zur Beruhigung von Carola beitrug. „Was soll ich denn der Polizei sagen? Guten Tag, ich habe hier einen Zeigefinger für Sie. Der klebte an meinem Hosenbein. Meiner ist es nicht. Dann liefern die mich doch direkt ein, in die Psychiatrie! Posttraumatisches Forensikersyndrom. Findet einen Finger.“

Hm. Wirklich blöd. Aber man kann doch nicht einfach einen Finger verschwinden lassen. Ebensowenig wie man einen so mir nichts dir nichts verliert. „Okay, ich überleg's mir", meinte Jens und legte den Hörer auf.

Carola schenkte nach. Auf den Schreck musste sie noch ein Gläschen trinken. Den schlechten Geschmack des toten Fingers hinunterspülen. Irgendjemandem muss doch dieser Finger fehlen. Sie konnte keinen klaren Gedanken mehr fassen. „Das ist alles zuviel für mich. Wo bin ich hier gelandet? Was mache ich hier eigentlich? Wieso habe ich meine wunderbare, warme, wohnliche Umgebung in der Zivilisation verlassen und setze mich diesem Wahnsinn aus?"

Wie man sich bettet ...

Carola war gerädert. Beim nächsten Großverdienst wird sie sich eine neue Matratze kaufen. Hat ihr Jens gestern etwas von einem gefundenen Finger erzählt? Hat sie das geträumt? Vollmond. Vermutlich phantasiert sie.

Das kleine Häuschen bestand eigentlich nur aus einem einzigen Zimmer, sieht man von dem kleinen Räumchen, das als Schlafzimmer diente, und natürlich Küche und Bad (wenn man das überhaupt so bezeichnen konnte) ab. Ein grober Tisch, immerhin aus Holz, stand in der Mitte, vier Stühle rundherum. Das alte Sofa, Einheitsmodell auf der Insel, mit einem grauenhaften Stoffdessin, lehnte an der Wand. Die Fliesen des Steinbodens verströmten einen kühlen Charme. Diese Platten gab es schon lange nicht mehr, weder Format noch Muster. Wenn man bedenkt, dass alles, was es auf La Gomera gab, irgendwann einmal auf die Insel geschafft werden musste, ohne Flughafen, umständlich, per Schiff, für die wenigen Menschen, die in den 70er Jahren noch geblieben waren, war es kein Wunder, dass die Auswahl sehr beschränkt war. Alle hatten die gleichen Böden, die gleichen Wasserboiler, die gleichen Möbel, die gleichen Kacheln im Bad. Einheitsmöbel. Zumindest die Menschen, die kein Geld hatten. Die *Dons* konnten auch schon früher ihre Wertsachen herschaffen lassen. Aber dazu gehörte der Ex-Besitzer dieser Steinhütte offensichtlich nicht.

„Ganz schönes Kontrastprogramm“, stöhnte sie Richtung Decke. Sie hatte sich mittlerweile mit dem Holzwurm angefreundet, der dort im Gebälk wohnte. War das nicht so: Mach dir zum Freund, wen du nicht besiegen kannst? Sie hatte es versucht. Mit Gift. Mit Spritzen. Mit ökologisch korrektem Zuckerwasser. Mit Einwickeln. Mit Ersticken. Zwecklos. Der Holzwurm suchte Nähe. Ihre Nähe. Oder war es schon der Nachwuchs, die Larve? Auf jeden Fall pflegte Egon, wie sie ihn getauft hatte, seine Kügelchen genau da fallen zu lassen, wo sie sich am häufigsten aufhielt. Ein Zeichen. „Ich könnte so schön in meiner Hamburger Wohnung sitzen, Heizung, Einbauküche, Flachbild-TV, alles da, mit meinen Freunden plaudern, ein Glas Prosecco trinken. Und was mache ich? Höre mir Geschichten von fehlenden Fingern an." Egon schwieg. „Ich bin gespannt, wann du es geschafft hast und mir die Decke auf den Kopf fällt!"

Carola hatte sich Mühe gegeben. Der hässliche Steinboden war unter einem Teppich verschwunden, das Sofa unter einer Decke, wie der Tisch. Ein paar Pinselstriche wirkten Wunder, der Küchenschrank bekam Farbe. Bröckelnde Stellen an der Wand wurden mit einem Bild oder einem Spiegel kaschiert. Und natürlich Pflanzen. Überall standen Pflanzen herum, die Leben in die trostlose Bude brachten. Jetzt sah es schon einigermaßen ansehnlich aus. Sie räumte ein wenig herum, um ihre Gedanken zu sortieren und setzte Kaffeewasser auf.

Hatte Egon „hola" gesagt? Nein, Elias stand in der Tür. Sie hatte das Klopfen nicht gehört. Ihn kannte sie schon lange. Sie tranken ab und zu in der Bar ein Gläschen. Neu war, dass er sie jetzt besuchte und frische Früchte mitbrachte. Orangen, Bananen, Maracujas. Er arbeitete im Süden auf dem Feld. Heute hatte er frei. „Bin gespannt, wann er mit der Sprache rausrückt", lächelte sie in sich hinein und schenkte ihm ein Glas Weißwein ein, obwohl es noch vor 12 war. Seitdem die Junggesellen im Dorf erfahren hatten, dass sie vorhatte länger zu bleiben, war der

Eine oder Andere bei ihr vorstellig geworden. Man kann es doch mal versuchen? Elias hatte sich nicht geoutet. Er war verheiratet und hatte Kinder.

Elias liebte die Natur. Das verband ihn mit ihr. Er wusste, welches Geräusch zu welchem Tier gehörte, wann das Meer gefährlich oder gut zum Fischen war, wie das Wetter wird, wann man besser nicht aus dem Haus geht. Er konnte sich kindisch freuen, wenn er eine Pflanze blühen sah, wenn die Ernte gut ausfiel und Real Madrid gewann. Er ließ die Welt so wie sie ist, hatte nichts Wichtigeres zu tun als das, was er gerade tat. Und er war so wie er war.

Elias betrachtete jedes neue Blümchen im Hof genau. „Du hast ja eine Erdbeere!“ Seine Augen leuchteten, wenn ihm etwas gefiel und wilde Gesten begleiteten jeden Satz. Er sprach langsam und stockend, rang manchmal nach Worten und korrigierte sich, wenn er das Gefühl hatte, nicht den richtigen Ausdruck gefunden zu haben. So, als müsse er besonders behutsam sein mit dem, was er erzählte, um es nicht zu zerstören. Sie hätte seinen Vorträgen über Vögel, Pflanzen und Sonnenaufgänge stundenlang zuhören können. „Es kann so einfach sein“, dachte Carola. Sie wusste, dass sie Elias spätestens nach einer halben Stunde hinauskomplimentieren musste, um nicht bei ihm – und beim ganzen Dorf – einen falschen Eindruck zu erwecken. Ausländerinnen galten als leicht zu haben. „Ich habe noch zu tun, der neue Job“ entschuldigte sie sich und Elias verabschiedete sich. Er wolle nicht weiter stören.

Sie nahm ihren Kaffee und stellte ihn auf das Bänkchen neben der Hängematte. Das war der beste Platz überhaupt. Von hier aus konnte sie in den Himmel schauen, ihren Gedanken nachhängen und Eidechsen beobachten. „Ja, wenn man das für wichtig hält“, hatte kürzlich ein Bekannter aus Deutschland gesagt, der kurz zu Besuch auf der Insel war. Tatsächlich. Was war denn „wichtig“? Der Tag ging auch so vorbei. Und die Zeit.

Als sie „auswanderte“, wobei sie dieses Wort nie benutzte und auch nicht treffend fand, mit 20 Kilo Gepäck auf die Insel, war sie nicht sicher, ob sie es ohne Kino, Theater und andere kulturelle Errungenschaften aushalten könnte. Jetzt wunderte sie sich, wie wenig sie vermisste. Ihre Freunde natürlich. Und noch ein paar Dinge, die sie gerne mitgenommen hätte: ihren Computer, ein paar Bilder und vielleicht noch ihre Geige. Aber sonst? „Ich sollte in der Hängematte schlafen – viel besser als im Bett“, dachte sie und genoss das Hin- und Herschaukeln. Wie wenig man doch zum Leben braucht, redete sie sich ein.

Sie wäre sicher eingeschlafen, hätte sie nicht das laute Klingeln des Telefons aus ihren Tagträumen gerissen. Sabine lud sie zum Kaffeekränzchen ein. Schöne Idee.

Reine Formsache.

Carola wusste, wie wenig Zeit Sabine hatte, umso rührender fand sie es, wie sie sich um sie kümmerte. Sie freute sich über Besuche.

Sabine war immer freundlich. Sie hätte sich nie beklagt oder gejammert. Carola spürte, dass irgendwas nicht stimmte. Sabine lächelte leicht gequält. Nachdem Carola nicht locker ließ und nachfragte, was sie bedrücke, kam sie mit der Sprache raus. „Eine Freundin von mir ist krank und ich mache mir Sorgen. Ich glaube, sie hat Depressionen. Sie lässt sich von der schlecht gelaunten Familie ihres Mannes runterziehen, so wie's aussieht. Das macht mich traurig." Carola wusste nicht genau, wer diese Freundin war. Aber ihr war aufgefallen, dass ein paar Dorfbewohner mit verfinsterten Mienen und hängenden Mundwinkeln herumliefen. Es schien Mode zu sein, an Depressionen zu leiden. Selbst hier, auf der Insel. Nein, so konnte man das nicht sagen. Carola war ratlos. Alle Welt beneidete uns um diesen Platz auf der Erde, aber einige von denen, die einfach immer hier waren und keinen Vergleich hatten, blieb wohl der Blick dafür verschlossen. Sie konnten nicht genießen, was vor ihren Füßen lag. Oder woran konnte das sonst noch liegen?

Es war sehr lange her, als sie sich das letzte Mal ernsthaft unterhalten hatten. Aber kaum war das Gespräch in Gang gekommen, wechselte Sabine auch schon das Thema: „Na, wie geht's dir so als neue Selbständige?"

Carola war noch in Gedanken dabei zu klären, ob die fehlende Sonne im Winter an manchen Orten auch die Gemüter mit der Zeit verfinstern konnte oder ob „mal de ojo", der böse Blick, das Verhextsein, der Grund für die chronische Traurigkeit war. Malte Sabine die Fassade ihres Hauses deshalb ständig mit neuen Knallfarben an, um sich vor den bösen Geistern zu schützen? So ein Quatsch! Sabine bekam keine Antwort auf ihre Frage und schob die nächste nach.

„Der Espresso ist fertig. Willst du ein Stück Kuchen? Selbstgebacken!“ Sabine lenkte ab. „Gerne.“ – „Schön, dass das so schnell ging mit deiner Anmeldung. Hier muss alles legal laufen, die Kontrollen haben sich in den letzten Jahren verstärkt. Ich habe deinen Vertrag hier – zum Unterschreiben.“

Carola hörte geduldig zu, was ihr Sabine über die Formalitäten erzählte und wie sie auf ihre Kosten käme. „Auf Kosten kommt man leicht, die Einnahmen wären wichtig“ wollte Carola ätzen, unterließ es aber, denn Sabine hätte es erstens nicht verstanden und zweitens nicht verdient. Naja, schlecht geschlafen und dann auch noch ... Ihr fiel der Finger wieder ein.

„Ach ja“, begann Carola so unaufgeregt wie möglich, „Jens hat einen Finger in seiner Hose gefunden.“ – „Wie bitte?“ – „Wir waren spazieren, er hat unten das Hosenbein abgemacht und als er heimkam, fand er darin das Teil. Er behauptet, es sei der linke Zeigefinger eines Mannes.“ – „Spinnt der jetzt auch schon? Ich hatte ihn immer für einen ruhigen und besonnenen Kerl gehalten.“ – „Ist eigentlich Peter wieder aufgetaucht?”

Sie sahen sich an. Jede wusste, was die andere dachte: Das wird doch nicht der Finger von Peter sein? So ein Unsinn. Sie beruhigten sich gegenseitig. Absurder Gedanke. Jens macht sicher einen Scherz mit ihnen. Vermutlich ist das der Test für die Neue. Er hat eben einen seltsamen Humor.

Trotzdem rief Sabine Peter an. Auf dem Mobiltelefon. Festnetz. Keine Antwort. Das Band. Als Sabine einen dringenden Appell auf den Anrufbeantworter sprechen wollte, hob Carmita ab, seine Frau. „Carmita, wo ist denn Peter, er hat mich bei der letzten Tour hängen gelassen. Das ist doch gar nicht seine Art!“ Carola hörte eine Mischung aus Erleichterung und Bekümmertheit aus Sabines Stimme, die ihr schließlich erklärte: „Er musste dringend nach Deutschland fliegen, seine Mutter wurde ins Krankenhaus eingeliefert.“ Gott sei Dank. Oder vielmehr, so ein Mist. Aber er lebt und ist wohlauf.

Danach erzählten sie von alten Zeiten, von den *Fiestas* am Strand von *San Marcos* und lachten lange und ausgiebig miteinander. Schon wieder „früher“.

Auf dem Heimweg nahm sich Carola vor, an ihre Zukunft zu denken und sich möglichst schnell eine neue Bleibe zu suchen. Eine Wohnung, ein Haus, ganz egal. Am besten, mit einem Garten und tonnenweise Grün rundherum. Und viel Sonne. „Ich will nicht mitten im Paradies sitzen und trübsinnig werden!“

Alle gegen alle?

Carola hatte Zeit. Ihre nächste Tour wird erst in zehn Tagen sein, wenn das Kreuzfahrtschiff anlegt. Falls Sabine sie überhaupt einsetzen würde. Vielleicht ist Peter ja schon wieder aus Deutschland zurück. Käme sie dann überhaupt zum Einsatz?

Sie hatte eine Menge Informationen gesammelt. Aus dem Internet, aus Reiseführern, aus Broschüren. Jetzt musste sie eine Struktur finden und sich überlegen, was sie wann wo sagen wird. Im Bus. Dazu musste sie die Touren durchgehen. Karteikärtchen hatte sie schon besorgt, auf die sie Stichworte notieren wollte. Spickzettel. Sie nahm sich vor, alle Routen abzufahren, jetzt, wo sie mobil war. Und möglichst viel zu erfahren von anderen. Von denen, die schon lange auf der Insel wohnen.

Also raus aus dem Haus! Am besten, sie fuhr am Nachmittag in die *Casa Creativa*, nach *Hermigua*, keine fünf Kilometer entfernt. Dort war *der* Treffpunkt schlechthin. An der *Casa Creativa* kam keiner vorbei – bzw. an ihr kamen *alle* vorbei, die von Nord nach Süd wollten. Sie lag direkt an der Hauptstraße. Und sie hatte noch einen Vorteil: eine große Terrasse. Viele bremsten ihr Auto ab und fuhren ganz langsam vorbei, um zu sehen, wer auf der Terrasse saß. Irgendjemand, den man kannte, saß immer da. Und dann parkte man sein Auto, um einen Kaffee zu trinken. *Café cortado* zum Beispiel.

Die Casa Creativa war eine Institution. Im großen Saal, unten, im Innenhof, war früher ein Restaurant, oben, mit der Terrasse, die Café-Bar und den Hang hinunter zogen sich die Appartements bis zum Pool. Im ehemaligen Restaurant war nach langer Zeit eine Galerie eingezogen, die nach einem Jahr wieder zusperrte, „Probegeschäftsjahr?“, der Pool war leer und die Bar hatte Roberto gepachtet. Die „Casa“ hatte den Besitzer gewechselt. Keiner wusste so recht, was aus ihr werden sollte. Die Besucher ließ das reichlich unbeeindruckt.

Die Terrasse war voll. Touristen, Gäste, Nachbarn, Gomeros, Residentes. Alles da. Die Touristen saßen in der Sonne, die Einheimischen unter dem Sonnenschirm. Carola kannte keinen. Noch nicht! Denn es war fast unvermeidlich, jemanden kennen zu lernen. Man kam leicht ins Gespräch.

Da kein Schattenplatz mehr frei war – und Carola wollte nicht als Touristin gelten – ging sie ins Lokal. Sie schnappte sich die Tageszeitung und setzte sich an einen kleinen Tisch in der Ecke. An der Theke unterhielten sich, bereits ein paar Dezibel über Normallautstärke, *El Niño* und *Potaje.* Sie hatten lustige Spitznamen, manchmal. „Das Kind“ und der „Eintopf“ gestikulierten. An den typischen Flecken ihrer Hemden erkannte Carola, dass sie von der beschwerlichen Feldarbeit in den Bananen kamen. Sie machten eine Pause. Vor ihnen standen zwei Bier. Carola konnte nicht anders. Sie lauschte.

El Niño: „Dieser Peter, der hat es übertrieben, sage ich dir, sowas geht nicht gut aus.“ Potaje: „Ich verstehe nicht, warum er sich mit denen anlegt, er ist doch ein kluger Kerl.“

El Niño: „Hoffentlich hat er was in der Hand, diese Betonbande hat die besten Kontakte. Da zieht er den Kürzeren.“

Potaje: „Er soll Morddrohungen bekommen haben.“

El Niño: „Kein Wunder."

Potaje: „Er wäre nicht der Erste, der irgendwo tot im Meer schwimmend aufgegabelt wird.

Da schaltete sich Roberto, der zwei Bier zapfte, ein: „Ach was, der steckt in der Midlife-Crisis, ganz normal. Der will mal andere Luft schnuppern. Vielleicht möchte er seine Alte eifersüchtig machen, Ehekrise." Er zwinkerte wissend. „Kann doch sein? Das wird sich alles klären."

Carola mischte sich nicht ein. Was wusste sie schon? Einiges. Das meiste von Sabine. Peter arbeitete seit dem ersten Tag der Gründung für ihre Agentur, also seit sechs Jahren. Wenn Sabine keine Zeit hatte, übernahm er für sie die Touren und die Sonderaufgaben, führte ausländische Filmteams zu außergewöhnlichen Locations oder Journalisten durch den Regenwald, auf Tafelberge, zu bizarren Felsen oder naturbegeisterte Wanderer durch Schluchten, über Hügel und Plantagen. Er erklärte, dass dieser Baum eine Papaya, ein anderer ein sogenannter Erdbeerbaum ist und warum die Banane nicht der EU-Norm entspricht. Er hatte die Fakten im Kopf, wusste genau, welche Pflanze endemisch war und welche eingeschleppt.

Peter hätte sicher ein gutes Bild für endemisch gewusst. Besser als das mit dem Känguru. Carola war immer noch nichts eingefallen. Peter hingegen war ein aufgeweckter Bursche. Er hatte nur einen Nachteil: Er war *zu* aufgeweckt. Ihn interessierte nicht nur die Natur, sondern auch die Erhaltung der Natur. Das machte ihn, den Ex-Biologie-Lehrer aus Berlin, zum erklärten Feind der Baubranche und mancher Politiker, die sich da eine Scheibe abschnitten, wie er meinte. Peter fand, es gab schon zu viel Beton auf der Insel. Betonbande war eines seiner meistbenutzten Schimpfwörter.

Peter kannte alle Touren für die Gäste der Kreuzfahrtschiffe auswendig. Und sie verstanden sich gut, Peter und Sabine. Schon sehr lange. Wenn sie sich in die Haare kriegten, dann ging es um Geld. Dann kamen Sabines schottische Vorfahren raus und die langen Jahre, in denen sie sich als Frau gegen alle Widrigkeiten der Insel hatte durchsetzen müssen. Sie behauptete sich tapfer, gegen alle Vorurteile und gegenüber der Konkurrenz. Sabine war eine richtige Gomera geworden. In La Gomera war fast alles „gegen". Ein einziges Gegeneinander. Der eine Ortsteil gegen den anderen. Die eine Partei gegen die andere. Das öffentliche Wasser gegen private Wasserrechte. Vielleicht ging das auf den Bürgerkrieg und Francos Zeiten zurück (oder noch weiter!), dass sich alles teilte auf der Insel: die politischen Ansichten, die Dörfer, die Familien, ja, sogar das Klima teilte sich in Nord und Süd. In eine trockene Zone im Süden und in eine grüne Hälfte im Norden. Man musste sich entscheiden.

Manchmal wünschte sich Carola, sie würde die Sprache nur so am Rande verstehen, wie am Anfang, als sie als Urlauberin kam, ab und zu, wenn sie vom Übersetzen, vom Englischen ins Deutsche, genug hatte. Wenn ihr der Kopf schwirrte vor lauter Buchstaben und sie nur eines wollte: raus aus der Stadt, weg vom Computer. Ruhe. Doch je mehr sie über die Insel und deren Bewohner wusste, umso mehr drang sie auch in deren Untiefen ein, sah sie neben den landschaftlichen auch in menschliche Abgründe. Wer weiß, vielleicht gibt es irgendwann eine „Wiedervereinigung"?

Peter war ebenfalls ein Gegen. Er ist schon mit seiner großen Klappe damals in Deutschland aus dem Schuldienst geflogen. Und in La Gomera kommt seine Berliner Schnauze auch nicht überall gut an. Die beste Art, sich schnell unbeliebt zu machen, ist, etwas geradeheraus zu sagen, Kritik zu üben oder mit Lösungsvorschlägen zu kommen. Die Deutschen werden weltweit dafür gehasst, dass sie immer alles besser wissen, wenn man es negativ formulieren will, immer nach Lösungen zu suchen, wenn man darin etwas Positives sehen möchte.

Peter war einer, der Missstände nicht nur sah, sondern sie auch benannte. Der bei den Politikern gefürchtet war, bei den Parteien unbeliebt (da parteilos und unabhängig) und der sich überall in kürzester Zeit Feinde schaffen konnte. Aber natürlich waren nicht alle gegen Peter. Und Gott sei Dank war auch auf La Gomera der Anteil der anständigen Menschen und der Prozentsatz der Arschlöcher – wie überall auf der Welt – in entsprechender Proportion verteilt. Peter wurde gehasst – und geliebt. Von den Menschen, die ein klares Wort schätzten, seinen Freunden, von Naturschützern, die seinen Einsatz für den Erhalt von Pflanzen, Tier und Landschaft zu würdigen wussten, von Feinschmeckern, die seinen Käse lobten und von seiner Frau Carmita. Zumindest hatte es den Anschein.

Carola zog an ihrem Strohhalm, um den letzten Rest des frischgepressten Orangensafts mit einem lauten Schnorcheln aus dem Glas zu holen. Jetzt erst merkten die Jungs, dass noch jemand im Raum saß. „Was, wenn Peter verschwunden bleibt?“ Carola rechnete sich aus, um wieviel mehr sie verdienen würde, wenn *sie* all die Sonderaufgaben übernehmen könnte. Sie war wie alle anderen. Schande. Wer genau hinsah, hätte die roten Flecken in ihrem Gesicht erkennen können.

Lustiges Landleben.

Peter und Carmita lebten in *Los Aceviños*, einem verträumtem Dorf, eingebettet in den Bergen, wenn man so will. Oberhalb von *Hermigua*, zu dessen Gemeindebezirk es gehört, hinter *El Cedro*, zu dem es eine Verbindung durch den Wald gibt und nach *Juego de Bolas*, wenn man von *Las Rosas* kommt. Es besteht aus einer Kirche, einer Ansammlung von Landhäusern und sonst nichts. Die Beiden führten dort ein echtes Landleben. Mit Ziegen (für den Käse), Landwirtschaft (Mais, Kartoffeln, Spargel!, Äpfel) und ein paar Blumen (Protea, Calla, Lilien).

Als Peter Carmita das erste Mal sah, in Teneriffa, bei einem Konzert, sah sie nicht wirklich aus wie eine Landpflanze: hochhackige Schuhe, enger, kurzer Rock, Dekolleté. Eigentlich fand er aufgetakelte Frauen eher abstoßend. Aber Carmita war nicht aufgetakelt. Sie wirkte völlig natürlich. So wie viele kanarische Frauen ein gewagtes Outfit haben, es aber mit einer Selbstverständlichkeit tragen, dass einem nicht in den Sinn kommt, sie könnten jemals anders aussehen. Schräge Kombinationen, enge Leggins, Stretch-Pullis, Streifen, quer, Blümchen, pink, Gürtel, Ketten. Alles geboten. Vielleicht macht gerade das den Reiz aus. Ein Overload für die Augen. Peter war verloren. Vom ersten Augenblick an. Und er konnte es bis heute nicht erklären.

Peter war groß gewachsen, schlank, drahtig. El Flaco, der Dünne, wie ihn die Gomeros nannten. Ein Mann nach Carmitas Geschmack, der wusste, was er wollte und was er ablehnte. Nicht so wie die Feiglinge, die hinter ihr her waren und wie ihr erster Mann, von dem sie sich getrennt hatte. Auf Peter konnte sie zählen. Er war fleißig, zuverlässig und er war Deutscher. Er hatte etwas von der Welt gesehen, kannte bestimmt einflussreiche Menschen und würde ihr Tür und Tor zum einem besseren Leben öffnen. Dass er ein streitbarer Zeitgenosse war, der für seine Ideen kämpfte und deshalb gerade bei den Mächtigen aneckte, wurde Carmita erst viel später klar.

Wie er es geschafft hat, Carmita, die in einer Boutique arbeitete, Mode mochte, Handtaschen und Schuhe, Ausgehen in der Stadt, Cocktails und Partys, in dieses gottvergessene Nest zu locken, weiß kein Mensch. Schon als Kind wollte sie von dort weg. Nach der Schule, mit 18, zog sie aus. Sie wollte nie mehr zurückkehren. Schon gar nicht in ihr Elternhaus. Die Finca war verlassen, die Eltern vor geraumer Zeit gestorben. Aber in die Wohnung von Peter konnten sie nicht gemeinsam einziehen, die war noch schlimmer. Klein, alt, eng und stickig. Und wenn sie Kinder haben würden? Also beschloss das frisch vermählte Paar vor sieben Jahren, sich in Aceviños niederzulassen. Es musste Liebe sein. Liebe. Das war die einzig plausible Erklärung.

Insgeheim dachte Carmita, Peter würde sich eines Tages langweilen. Schließlich kam er aus Berlin, einer wirklichen Stadt, nicht wie Santa Cruz in Teneriffa, wo sie sich kennen lernten, sondern aus einer großen pulsierenden Metropole. Irgendwann würde Peter das Landleben auf die Nerven gehen. Das frühe Aufstehen, um die Tiere zu füttern. Das Immer-wieder-bei-null-anfangen, wenn ein Sturm durchgezogen war oder das Ungeziefer die Ernte vernichtete. Das miese Einkommen als Landwirt, „Mädchen" für alles und Reiseleiter.

Immerhin reichte das Geld, um ab und zu nach Berlin zu fliegen. Carmita war jedes Mal aufs Neue begeistert. Frühstücken und Shoppen gehen, Kino, auf Deutsch, wenn es sein musste, Ausstellungen ansehen, im Café sitzen und Leuten beim Flanieren zusehen. Das gefiel ihr. Sie hoffte, eines Tages würde er zu ihr sagen: „Carmita, komm, lass uns nach Berlin gehen. Hier haben wir keine Zukunft mehr." Wie so viele, die La Gomera verlassen haben, würden auch sie gehen, um endlich richtig Geld zu verdienen. Das war Wenigen auf der Insel vorbehalten. Den alten Kazikenfamilien, den Großgrundbesitzern, die nach und nach ihr Land teuer verkauften; den Politikern, die überall mitschnitten und Unternehmern mit Beziehungen. Dabei half, dass beinahe alle miteinander über irgendwelche Ecken verwandt waren.

Stattdessen saß Carmita in *Los Aceviños*. Oder besser, lief sie herum, denn zum Sitzen kam sie gar nicht. Es gab eine Menge zu tun: die Früchte ernten und einkochen, die Viecher füttern oder schlachten (ja, sie hatten auch Schweine) oder am Haus etwas richten, Fenster streichen, putzen. *Potaje de Berros* kochen und ebendiese typische Kressesuppe mit Kartoffeln ins Lokal *Buena Vista* liefern.

Vorbei mit den Stöckelschuhen. Die schimmelten jetzt im Schrank, denn hier oben war die Luftfeuchtigkeit so hoch, dass einfach alles schimmelte. Leder sowieso. Am besten, man ließ gleich die Gummistiefel an für den Winter, der schon anklopfte.

Manchmal hatten sie Glück und das schöne Wetter hielt noch ganz gut durch bis Weihnachten. Doch seit dem letzten Vollmond hatte sich das Blatt gewendet und der Regen schien alle Rekorde brechen zu wollen. Er weichte die Erde auf, die Knochen und die guten Vorsätze.

Um die Weihnachtszeit kamen in der Regel jede Menge Touristen. Hochsaison für Peter. Seit November die Kreuzfahrtschiffe. Damit war viel Geld zu verdienen. Wo das Geld allerdings landete, wusste Carmita nicht. Ihr Peter brachte einen Bruchteil davon mit nach Hause, meist schlechte Laune und fast immer Kopfschmerzen. Peter wusste unglaublich viel, hatte so viele Talente und Kontakte, aber er nutzte nichts davon. Sie verstand das nicht. Wie konnte ein Mensch so gar nicht ehrgeizig sein?

Wenn sie Peter wäre, dann wäre sie in Deutschland geblieben. Aber gut. Darüber brauchte sie gar nicht nachzudenken. Lehrer war doch kein schlechter Beruf! Sie wäre gerne Lehrerin geworden, wenn man sie gelassen hätte, damals. Der Verdienst, die Sicherheit – und dann die Ferien. So viel Freiheit. Jetzt waren sie angehängt. Die Tiere. Die Pflanzen. Die Jobs. Und kein Geld! Nur, um in der Natur zu sein, wie er sagte, an der frischen Luft, dicht am Nationalpark, dem Lorbeerwald, den Peter so sehr liebte. Manchmal zweifelte sie, ob er sie wirklich liebte und nicht vielmehr den Wald. Wenn er sie wirklich liebte, würde er ihr schöne Kleider kaufen und mit ihr da hingehen, wo man sie auch tragen kann.

Ob es am Alter liegt, dass Carmita in letzter Zeit so seltsame Gedanken hegte? Sie war 44. Wenn Sie wenigstens ein Kind hätte! Aber so. Keine Familie. Und doch keinen Spaß. Wann, wenn nicht jetzt, wollte sie sich amüsieren und nicht zwischen Ziegen und Kartoffeln verrotten. Peter hatte wohl schon abgeschlossen. Er konnte unmöglich zufrieden sein mit seiner Situation. Oder lag es am Altersunterschied? Acht Jahre sind nicht viel. Nein. Sie waren einfach zu unterschiedlich. Carmita hoffte darauf, dass Peter ihr irgendwann die große weite Welt zeigen würde.

Und vermutlich dachte Peter genau das gleiche von Carmita, nur umgekehrt: dass sie irgendwann die Ziegen und das Landleben mit ihm genauso genießen könne wie er. Alter hin oder her.

Als Carmita den Hörer abnahm, dachte sie, Jorge würde endlich zurückrufen, dem sie verzweifelt auf die Mailbox gesprochen hatte. Sie warf keinen Blick aufs Display, so sicher war sie, dass es Jorge ist. Sonst wäre sie nie und nimmer ans Telefon gegangen. Als sie Sabine erkannte, stammelte sie irgendetwas. Kranke Mütter sind immer für Ausreden gut und eine Deutschlandreise sowieso. Als sie aufgelegt hatte, war sie nicht sicher, ob Sabine nicht vielleicht wusste, dass die Mutter von Peter schon ewig tot ist.

Wenn Hunde Männchen machen.

Jorge wollte doch anrufen. Carmitas alter Jugendfreund. Ein Verehrer aus Kindertagen. Was der sich einbildet! Der glaubt, jetzt, wo Peter verschwunden ist, sei er die Nummer Eins. Der liebe Jorge. Auch genannt *San Jorge*. Wobei weder lieb noch heilig passende Bezeichnungen für ihn waren. Er war verblendet. Jorge glaubte allen Ernstes, eines Tages würde seine Stunde kommen und Carmita ihn erhören. Wenn erst Peter weg ist. Wieder in Deutschland. Wie so viele, die kommen und gehen, wenn erstmal die Zipperlein anfangen. El Flaco war immerhin schon 52, er, Jorge, erst 38. Er hatte Zeit. Er konnte warten. Er verehrte Carmita, solange er denken konnte. Schon als kleiner Junge hatte er hinter ihr her gepfiffen, obwohl er einen Kopf kleiner war als sie, eine angehende Frau, wunderschön und stolz. Sie hat auf ihn herabgeschaut, nicht nur wegen der Größe – doch Jorge war selig, wenn er einen Blick von ihr erhaschte. Das hat sich bis heute wenig geändert. Nur war Jorge jetzt in der besseren Position. Peter war weg. Und sie brauchte Jorge. Dringend. Soviel war klar.

Es klopfte an der Tür. „Jorge?“ „Nein, ich bin es, Walter“. „Ach du, Walter“, kam es von drinnen, wenig schmeichelhaft. Walter ließ sich nicht entmutigen, wartete, bis eine etwas zerzaust aussehende Carmita im Türrahmen auftauchte. „Ich war gerade in der Nähe und wollte fragen, ob du was brauchst.“ Walter war ein Reiseleiterkollege, der Peter schon lange kannte. Noch aus Berliner Zeiten. Und unter Kollegen sprach es sich schnell herum, wenn einer der zuverlässigsten Guías nicht zur Tour erschien. Das war noch nie da gewesen. „Es kursieren die wildesten Gerüchte um Peter. Und da dachte ich, ich schaue mal rein." Sicher war: In Aceviños kam niemand „zufällig" vorbei, das wusste auch Carmita, dazu war es zu weit ab vom Schuss. Und das scheinheilige Unterstützungsangebot von Walter war mehr Neugierde als Hilfsbereitschaft.

„Er ist nicht verschwunden, er ist in Deutschland." Carmitas Antwort hielt Walter nicht davon ab, sich in einen Korbsessel auf der Holzveranda fallen zu lassen und es sich gemütlich zu machen, wie es schien. Er wartete, bis Carmita ihm tatsächlich etwas zu trinken anbot: „Bier oder Tee?" „Ein Bier bitte, das beruhigt." Was sollen diese dämlichen Anspielungen und warum war Carmita wirklich nervös?

Sie hielt ihm die Flasche hin, damit sie das Bier nicht in ein Glas einschenken musste, und er sehen konnte, wie ihre Hände zitterten. Was war da los? Walter beschloss, erstmal das Bier zu trinken und abzuwarten. Und tatsächlich plapperte Carmita, als hätte man einen Power-on-Knopf gedrückt: „Er musste nach Berlin, das war ganz überraschend, ich wollte doch eigentlich mit, aber er musste ganz schnell buchen, gerade dass er mir was davon gesagt hat, lässt mich hier hängen mit den ganzen Viechern, ich kann alles alleine machen, verdrückt sich mit der Ausrede, dass seine Mutter krank sei, die ist, die ist im, die kam ins Krankenhaus, keine Ahnung, was sie hat, er konnte wohl noch nicht anrufen, keine Verbindung, keine Zeit, ich weiß es nicht, ich bin genauso schlau wie du."

Walter setzte sein Pokerface auf. „Also die Mutter ist im Krankenhaus", brummelte er in seinen Bart, der ihn mindestens zehn Jahre älter machte. Hm. Er versuchte Carmita zu beruhigen. „Er kommt sicher bald wieder – sag' mir, was ich für dich tun kann!“ – „Nichts, nichts, ich krieg das schon geregelt, keine Sorge, meine Nachbarn helfen mir, die tun das ja auch, wenn wir unterwegs sind. Die kennen sich aus. Er wird sicher bald anrufen und dann kann ich euch mehr sagen.“ Sie sagte bewusst „euch“, denn sie wusste, dass *alle* Reiseleiter auf eine Nachricht warteten. Und manche von ihnen auf eine Sensation. Bald wird im deutschsprachigen Käseblatt stehen: „Deutscher Reiseleiter vermisst. Man vermutet eine Verschwörung der Betonbande.“

Walter genoss noch ein paar Atemzüge der frischen Luft. „Schön hier oben“, nahm den letzten Schluck aus seiner Bierflasche und erhob seinen massigen Körper mit Bedacht. Carmita war sichtlich erleichtert, als er sich verabschiedete. Auf dem Weg hinunter zur Straße, wo sein Auto stand, kam Peters Hund ihm nachgehüpft, im Maul ein seltsames Bündel voller Erde, Aceviños-Zweigen und einem blau-schwarzen, undefinierbaren Teil. Der Hund machte Männchen und bestand darauf, dass Walter das schmutzige Geschenk annahm. Walter griff in eine seltsame Masse, während er dachte: hier ist was faul. Peters Mutter war seit genau 22 Jahren tot.

Unter Freunden.

„Es tut mir leid, Jens, dass ich dich belästigen muss, aber ich dachte, bevor ich einen großen Wirbel mache und die *Guardia Civil* rufe, komme ich erstmal zu dir. Vielleicht kannst du mir einen Rat geben."

Jens saß auf der Terrasse hinter seinem Haus, das sehr versteckt lag, von der Straße aus unsichtbar. Walter musste sich den Weg durch wild wuchernde Pflanzen bahnen, bis er vor ihm stand. Jens war gerade in ein Buch vertieft, als Walter ihn herausriss.

„Ich war bei Carmita, um zu sehen, ob vielleicht Peter doch zu Hause ist, aber Fehlanzeige. Sie war leicht durch den Wind und Peters Hund lief mir nach, um mir *das* hier zu apportieren." Walter warf etwas auf den Tisch. Jens verzog die Mundwinkel. „Noch so ein Ding, das gibt's ja nicht." Und obwohl sich Jens normalerweise nicht so leicht aus der Ruhe bringen ließ, ähnlich wie Walter, merkte er, wie ein unangenehmes Gefühl in ihm hochstieg, das er glaubte verbannt zu haben. „Scheiße." So sein Kommentar.

Walter wartete auf weitere Erklärungen, die er Jens mühsam aus der Nase ziehen musste. Auf dem Tisch lag ein Finger, verpackt in die Blätter eines Aceviños, ein Stechpalmengewächs. Es war der linke Mittelfinger eines Mannes. Jens' Kennerblick.

Sie sahen sich müde an, als wollten sie in vollem Einverständnis sagen: Und was haben wir damit zu tun? Wäre da nicht Peters Verschwinden, die Tatsache, dass Carmita nachweislich log, hätten sie das Ding einfach weggeworfen und so getan, als habe keiner jemals auch nur irgendetwas gesehen. Aber so?

„Wir müssen die Guardia Civil rufen, Jens.“ „Hm“, Jens drehte die Augen nach oben: „Ich habe schon einen Finger in meiner Tiefkühltruhe, Walter. Lass mich überlegen. Aber zuvor mache ich uns eine gute Flasche Wein auf. Von einem Freund. Hoffentlich wird der Wein dieses Jahr so gut wie der letzte. Er versucht es ohne Spritzmittel. Das ist eher selten, wie du weißt. Die Guardia Civil läuft uns ja nicht davon. Und der Finger auch nicht. Ich lege ihn zu dem anderen, in die Kühltruhe. Erstmal.“

So saßen sie schweigend in Jens' Urwald, zwischen sich die Flasche Wein, aus der sie ab und zu nachschenkten, bis die Sonne rote Wolken auf den Himmel malte.

Potaje de Berros

Man kommt nicht drum herum. Ein Tourist, der nicht in *El Cedro* war, hat La Gomera nicht gesehen. Zedernwacholder. Wobei soooviel Wacholder gar nicht im Cedro wächst, zumindest hatte Carola keinen gesehen, als sie mit Jens da war. Das sollte aber nichts bedeuten.

So obligatorisch wie ein Besuch des Zauberwaldes von *El Cedro* im Nationalpark *Garajonay*, so unausweichlich war die Einkehr in das Berglokal *La Vista*. Seit der alte Prudencio nicht mehr am Leben war, der vor Urzeiten den Gästen Ziegenkäse und Wein servierte, und dessen Häuschen nun unbewohnt auf seinen Verfall wartete, war die Bewirtung der Wanderer professionell gestaltet worden. Hatte Prudencio keine Erben oder im Gegenteil, zu viele, die über alle Welt verstreut waren und sich nun nicht einigen konnten, Erbenkrieg? Egal. La Vista lag genau gegenüber, ein Ausflugslokal, fast so wie man sich eine Almhütte in Österreich vorstellt. Eine Hütte mit viel Holz, einem etwas lieblosen Betonboden und einem großen Holzofen. Der war auch nötig, denn sobald die Sonne hinter dem Berg verschwand, kühlte es hier oben empfindlich ab.

Norberto, der Reiseführer, hatte mit seiner handverlesenen Wandergruppe die große Runde hinter sich. Sie führte von der Kreuzung *Los Pajaritos* über den *Alto de Garajonay* nach *El Cedro*. Und natürlich stand am Ende der Tour die berühmte Kressesuppe, *potaje de berros*, auf dem Plan. Auf dem Speiseplan.

Acht neugierige Gäste von der „Ozean Oase“ hatten die Wandertour gewählt. Sie waren im Durchschnitt etwas jünger als die Klientel, die mit dem Bus über die Insel fuhr und es vorzog, im Sitzen die Gegend zu erkunden. Es waren Paare, die raus in die Natur wollten, Naturerlebnis. Und *El Cedro* war der perfekte Platz für Naturerlebnisse. Die Wege waren nicht schwierig zu gehen, führten idyllisch an Bächen entlang, durch Wälder und ein paar Felder, vorbei an Blumen, Quellen und an Stellen mit spektakulären Aussichten. Die Gruppe war gut gelaunt, vor allem, weil sie nun fast am Ende ihres Tagesprogramms angelangt war und mit einem guten Essen belohnt werden sollte.

Sie genossen die letzten Sonnenstrahlen auf der Terrasse. Auch die war urig, Baumstämme als Hocker, grob geschnitztes Holz als Tische. Auf einem Hocker war ein Marihuana-Blatt eingeritzt. Der *queso blanco* schmeckte vorzüglich. Norberto war abonniert auf die Wanderer. Und er war überzeugt: das ist die einzige Art und Weise, wie man angemessen die Insel kennenlernen kann. Wie sonst sollte man die Schönheit dieser Landschaft begreifen, wenn nicht inmitten des Immergrüns. Mit einem tiefen Atemzug entfalten die Lilien ihre volle Wirkung erst in der Nase, wie der Duft der Waldluft. Das gleichmäßige Gehen begleitet vom Plätschern des Baches, nur so kommt man in Fluss. In Einklang mit sich und der Natur.

Norberto ist im Grunde ein unverbesserlicher Romantiker. Das macht ihn bei seinen Wanderern so beliebt. Sie hängen an seinen Lippen und befolgen ganz brav seine Anweisungen. Wenn er sagt, man solle hier stehen bleiben und tief einatmen, tun sie das mit Andacht. Wenn er darauf hinweist, dass ein Vogel über ihnen kreist, werfen alle ihre Köpfe in den Nacken und suchen den kleinen Punkt am Himmel. Wenn er liebevoll über das frische Moos streichelt, tun sie das ebenfalls mit höchstmöglichem Respekt.

Die Erfahrung hatte Norberto gelehrt, dass sich eine Wandergruppe fast immer gleich zusammensetzt: Es gab ein bis zwei Hochinteressierte, die an seinen Lippen hingen und jedes Wort aufsaugten, als gelte es, am Ende eine Prüfung abzulegen. Manchmal war eine Nervensäge dabei, also Menschen, die ihr (Spezial-) Wissen zum Besten gaben (man könnte auch sagen: die sich wichtig machen mussten: „kenn ich, weiß ich, war ich schon – ist doch wie …"). Andere fragten dem *guide* Löcher in den Bauch, der sich wiederum Mühe gab, nicht genervt zu wirken. Norberto hatte keine Ahnung, woher diese Leute die vielen Fragen hatten und was sie schließlich mit den Antworten anstellen würden. Auf Karteikarten schreiben? Oder einen Blog im Internet füllen? Dann gab es schließlich die Gruppe der „Mitläufer", die gutwillig überall hinterherliefen und alles so nahmen, wie es kam. Und, je nachdem, ein paar „Nachzügler", die ihre Kondition überschätzt hatten oder einfach nur trödelten, auf die alle anderen regelmäßig warten mussten.

Diese Gruppe heute war erstaunlich homogen, keine Nervensäge dabei. Im Gegenteil, es sah so aus, als sei das schon eine eingelaufene Truppe, die bereits alles mögliche miteinander unternommen hatte und viel lachte. Norberto fand das sehr entlastend und seine Witze wurden immer zielsicherer.

Seine Erklärung, als das Essen serviert wurde: „Das hier ist Gofio, auch *cemento gomero* genannt, gomerischer Zement. Reine Speisestärke, verklebt hauptsächlich den Magen, wie böse Zungen behaupten." Allgemeines Kichern. Trotzdem hielt das niemanden davon ab, das gomerische Grundnahrungsmittel zu probieren. Geröstetes Maismehl, Kraftfutter für Menschen, die früher schwere Arbeit auf den Feldern leisten mussten, aber Gift für die modernen Gomeros, die mittlerweile freiwillig kaum noch einen Schritt zu Fuß gingen. Nur dann, wenn es der Arzt verordnet hat.

Martina, die alles aufsog, was unter dem Label „typisch gomerisch" lief, nahm sofort einen Löffel Gofio und rührte in ihrer Kressesuppe, *potaje de berro*, eifrig herum. Die Suppe verdickte sich, ein großer Klumpen lag auf ihrem Löffel. Aber beim ersten Bissen spuckte sie den Brocken wieder aus. Es gibt kein Gofio mit Knochen. So viel steht fest. Sie legte das widerspenstige Stück neben ihren Teller und betrachtete es genau. Sie wurde weiß im Gesicht und fiel geradewegs rücklings von ihrem Baumstumpf. Die Meute betrachtete das Corpus Delicti.

In diesem Moment hatte das Wort *fingerfood* eine völlig neue Bedeutung angenommen.

Wie Carola Kolumbus entdeckte

Von der Aufregung in der Wandergruppe konnte Carola nichts wissen, als sie währenddessen ihre zweite Tour mit den Gästen des Kreuzfahrtschiffes unternahm. Die Halbtagestour. Die mit dem Rundgang durch die Stadt, auf den Spuren von Kolumbus. Diesmal war sie bestens vorbereitet.

Vor dieser Route hatte sie zwar Schiss, weil sie sich so viele geschichtliche Daten merken musste. Doch die kleinen Karteikärtchen mit den Stichworten und Jahreszahlen, die in ihrer Jackentasche steckten, gaben ihr Sicherheit. Falls sie doch irgendwas vergessen sollte. Da stand zum Beispiel: „Christoph Kolumbus, Cristóbal Colón dreimal Halt in San Sebastian auf dem Weg Richtung „Indien“: 1492, 1493, 1498. Das vierte Mal, 1502, ohne La Gomera, von Gran Canaria aus.“

Carola verzierte die Daten mit Anekdoten und vermeintlichen Hintergründen. „Warum blieb Kolumbus 1492 drei Wochen in San Sebastian?“ war ihre rhetorische Frage. „Dahinter stand – natürlich – eine Frau,“ begann Carola die Legende über die amourösen Abenteuer, die man Kolumbus mit der Witwe des grausamen Herrschers Hernán Peraza d. J. nachsagte.

„Der schönen Beatriz de Bobadilla, die schon am spanischen Hof den Spitznamen „la cazadora“, die Jägerin, trug, weil sie keinem Geringeren als dem König den Kopf verdrehte. Woraufhin die Königin, Isabella I., ihre Nebenbuhlerin nach La Gomera verbannte. Weit weg. Aber offensichtlich nicht weit genug, als dass sie ihre Anziehungskraft verloren hätte. Die schöne BB war 1488 Witwe geworden, also rechtzeitig vor Kolumbus' Ankunft – und

1502, als Kolumbus bei der vierten „Indien"-Reise einen Bogen um La Gomera machte, wieder verheiratet. Mit dem Eroberer und Herrscher von Teneriffa, Alonso Fernández de Lugo." Diese Erklärung war auf jeden Fall lustiger als die Geschichte mit dem havarierten Schiff aus der Kolumbus-Flotte, das repariert werden musste, weil das Ruder gebrochen war.

Carola hielt ihr Schild mit der Busnummer in die Höhe und scharte ihre Reisegruppe um sich. Sie standen im schönen Innenhof der Casa de la Aguada, ehedem Sitz von BB, Kerker, Zoll- und Wasserhaus, direkt an der großen Plaza de la Constitución mit den riesigen Ficus-Bäumen, irreführenderweise Laurel de India genannt. Dort, wo neben dem unscheinbaren Brunnen ein Schild mit der großspurigen Aufschrift stand: Mit diesem Wasser wurde Amerika getauft. „Kolumbus hatte 1492 Holz, Proviant und Wasser von La Gomera mitgenommen, als er mit seinen drei Schiffen die Westroute nach Indien finden und dazu die Passatwinde nutzen wollte. Einer der großen Irrtümer, die die Welt veränderten: die Entdeckung Amerikas." Sie schaute in wohlwollende Gesichter, die hinter den Holzsäulen im Schatten standen und ihr zuhörten, als sie davon sprach, wie stolz die Gomeros auf ihren berühmten Besuch seien und dass La Gomera auch *isla colombina*, die Kolumbus-Insel, genannt würde.

Häufig waren Touristen auf der Suche nach dem Kolumbus-Brunnen. Carola wurde schon oft danach gefragt. Ausgerechnet hier drin, wo früher die Touristen-Information untergebracht war, versteckte er sich: kein Hinweis, kein Schild deutete von außen darauf hin. Das Kolonialstilhäuschen beherbergte zudem ein kleines Museum, das über die Ureinwohner, die Flotte von Kolumbus, über ihn selbst und natürlich über seine Reisen informierte. Ein Kollege hatte Carola verraten, wie sie sich die drei Schiffsnamen seiner angeschlagenen Flotte merken konnte. Mit einem Spruch: *Santa Maria*, que *Pinta* tiene la *Niña*! Was sinngemäß so viel bedeuten könnte wie: Heilige Maria, wie hübsch das Kind ist!

Ein älterer Herr aus der Reisegruppe zog Carola zur Seite und schlug ihr ein Geschäft vor: „Wenn Sie mir Ihre E-Mail-Adresse geben, verrate ich Ihnen, wie wir reich werden können." Seine Frau musste wohl gerade einen Augenblick abgelenkt gewesen sein, sonst hatte sie ihn stets streng und sorgenvoll im Blick („Er kann nicht so gut laufen, ist das weit?"). Carola meinte nur: „Ich will gar nicht reich werden." Er war wohl so begeistert von seiner Idee, dass er dennoch mit der Sprache rausrückte: „Wir verkaufen Kolumbus-Wasser in kleinen Fläschchen. Teuer. Wir machen Halbe-Halbe, wenn Sie mir ihre Mail-Adresse geben." Carola lächelte milde. „Gute Idee".

Sie schlenderten im Pulk die Calle del Medio, *Calle Real* / Königsstraße, entlang, bis rechts ein großer Platz mit einer Kirche auftauchte, der „größte Sakralbau der Insel", wie Carola dozierte. Sie trat so sicher auf, dass gar nicht erst der Verdacht aufkam, sie könnte irgendetwas nicht wissen. Was sie längst wieder vergessen hatte: Welche Altäre, Figuren und Schnitzereien stellten was oder wen dar? Waren von wem? Aus welchem Jahr? Keine Ahnung. Sie wies auf die Pilar-Kapelle mit den vergoldeten *Mudéjar*-Schnitzereien an der Decke und der Wandmalerei von José Mesa hin, der die Abwehr der englischen Korsarenflotte 1743 zeigte. Denn das konnte sie eindeutig identifizieren.

Wen interessierte denn schon alles so genau? Die Gäste waren ja keine Historiker! Hoffentlich, jedenfalls. Viel interessanter war da schon die nächste Geschichte, die sich schon wieder um die nicht nur schöne, sondern auch grausame Beatriz de Bobadilla drehte. Wobei man nie genau wusste, welcher Anteil der Wahrheit und welcher der Legende zuzuordnen war. Der erste Gatte von BB wurde 1488 ermordet – man hatte ihn mit Hilfe der „Guanchen-Prinzessin“ Iballa in eine Höhle gelockt und umgebracht. Ausgeführt wurde Tat von Hauptacuperche, dem Bräutigam von Iballa, der seither als Held verehrt wird und in Bronze (ist das Bronze?) riesengroß im Valle Gran Rey am Strand steht.

Diese Heldentat – aus Sicht der Gomeros, zugegeben, nicht aus Sicht der spanischen Eroberer – löste eine Rebellion der Ureinwohner auf der Insel und die Hoffnung auf Befreiung von der Willkürherrschaft aus. (Selbst dem spanischen Hof kamen die Machenschaften von Hernan Peraza d. J. manchmal spanisch vor). Doch BB besaß noch weitere, bemerkenswerte Eigenschaften: zu schön und grausam gesellten sich schlau und hinterlistig. Die Witwe versprach den gomerischen Rebellen Vergebung, wenn sie in die Kirche kämen und nach der Messe durch einen speziellen Seitenausgang hinausgingen. Dann würde ihnen vergeben. Dieses Tor nannte man verheißungsvoll Tor der Vergebung, *puerta del perdón*. Die gutgläubigen gomerischen Ureinwohner – viele waren ja bereits christianisiert – folgten dem Vorschlag und hofften auf Frieden. Doch Beatriz de Bobadilla dachte nicht daran, ihr Wort zu halten und ließ alles, was männlich und über 15 war und durch dieses Tor kam, umbringen, Frauen und Kinder verschleppen und versklaven. Danach ging der Aufstand erst richtig los und die wortbrüchige BB musste

Zuflucht im *Torre del Conde* suchen, im Turm des Grafen, der damals natürlich noch nicht so hieß, weil die Perazas den Grafentitel erst Anfang des 16. Jahrhunderts verliehen bekamen. BB musste von Pedro de Vera und seinen Truppen aus Gran Canaria befreit werden, um nicht elendiglich zu verhungern. Carola war überrascht, dass sie sich das merken konnte.

Die vielen Piratengeschichten hingegen, hatte sie nicht mehr genau im Kopf. „Piraten überfielen die Insel mit schöner Regelmäßigkeit und 1618 haben Seeräuber aus Algerien angeblich die Stadt dem Erdboden gleichgemacht, sodass die meisten Gebäude frühestens aus dem 17. Jahrhundert stammen können. Auch das Tor der Vergebung, die Falle für die rebellischen Altkanarier, gibt es nicht mehr. Die einschiffige Kirche wurde nach der Verwüstung 1618 wieder aufgebaut und bekam zwei neue Seitenflügel, die das heutige Bild der Iglesia de Nuestra Señora de la Asunción prägen. Himmelfahrt.“ Was Carola nicht sagte, war, dass sie dabei immer an BBs Himmelfahrtskommando dachte anstatt an Mariä Himmelfahrt. Stand „Nuestra Señora“ für Maria? Oder war es doch Guadalupe, die Schutzheilige der Insel? Wörtlich übersetzt, klang der Name der Kirche noch blöder: Kirche unserer Dame von der Himmelfahrt. Na bravo. Kirche war nicht ihr Thema, sie war nicht katholisch. Ein Mangel, in einem Land mit einem Anteil von gefühlten 120 % Katholiken. „Ich bin gläubig, aber nicht praktizierend,“ war ein beliebter Glaubenssatz der Gomeros.

Sie gingen die *Calle del Medio* bis zur *Casa Colón*, dem Kolumbushaus. Geschlossen. Carola überlegte kurz, ob sie sich aufregen sollte, irgendjemanden anrufen und sich beschweren, entschloss sich aber dann dafür, einfach weiterzugehen und sich nichts anmerken zu lassen. Sie murmelte nur „Cabildo“ vor sich hin. Ein paar Meter weiter stand die Tür der kleinen *Ermita de San Sebastián*, dem Schutzheiligen der Stadt, offen. Immerhin! Ist auch eines der Gebäude aus dem 15. Jahrhundert, das mehrmals abgebrannt und wieder aufgebaut wurde. Die Gruppe bestaunte auf dem Altar den Heiligen Sebastian, der von Pfeilen durchbohrt war und freute sich beim Herauskommen über die Sonne.

Danach ging es zum Park, aus dessen saftigem Grün in der Mitte der *Torre del Conde* ragte. Vermutlich das einzige Gebäude aus dem 15. Jahrhundert, das überlebt hatte. Und es war geöffnet! „Ursprünglich stand der Wehrturm am Wasser und sollte San Sebastian gegen Seeangriffe schützen. In Wahrheit taugte er aber nur dazu, die Herrschaft vor aufständischen Einheimischen, den Altkanariern, wie es jetzt korrekt heißt, zu schützen.“ Carola wies darauf hin, dass es innen, zwischen den Repliken alter Karten, den Vorläufer eines Globus – aus Nürnberg! – zu sehen gab. Das kam bei den deutschen Touristen besonders gut an. Wie die exotischen Pflanzen, die im Park wuchsen.

Carola führte sie zu den Kapokbäumen. „Ein Baum aus dem tropischen Regenwald. Warum er auf Spanisch *palo loco*, verrückter Pfahl, heißt, können Sie sehr schnell erkennen, wenn sie sich den Stamm anschauen.“ Der Baumstamm war übersät mit gemeinen Stacheln, wie große Rosendornen, dafür sahen die Blüten orchideenartig aus. „Das Beste sind die Früchte. Sie ähneln Avocados, bis sie aufplatzen – dann quillt eine Art Baumwolle heraus, eine Faser, die wasserabweisend ist und die sich spinnen und zu Füllmaterial für Rettungswesen verarbeiten lässt oder Polster- und Isoliermaterial abgibt.“ Die Gruppe stand staunend vor dem Naturwunder. Dazu gab es natürlich auch eine

Legende, die ließ Carola jetzt aus – sie mussten weiter. Der Bus wartete.

Carola mochte diese Tour. Nicht nur, weil sie eineinhalb Stunden spazieren gehen konnte, sondern auch, weil die Gäste einen guten Einblick in die Geschichte, in das beschauliche Stadtleben, und in die Schönheiten der Landschaft bekamen. Der zweite Teil der Tour bestand aus einer kleinen Busrunde über die Berge. Südstraße hinauf, bis knapp auf 1.000 Meter, kurz in den Nationalpark, Nordstraße zurück.

Carola zählte nach: alle Schäfchen eingefangen. Eine Kollegin erzählte ihr, sie habe einmal einen Touristen vergessen. Oder besser: er hatte wohl vergessen, dass es einen zweiten Teil gab – und ging frustriert zurück zum Schiff, sich beschwerend, dass die Tour so kurz sei. Er war über 90. Damit das nicht passierte, kündigte Carola mehrmals an, dass nach dem Spaziergang die Tour weiterginge – im Bus.

Die Fahrt dauerte nicht lange, hinterließ aber großen Eindruck, weil sie an einer der spektakulärsten Stellen der Insel vorbeiführte: an den *Roques*, die mit ihren elf-, zwölfhundert Metern Höhe wie Finger aus der Landschaft ragten. Alte Vulkanschlote. Wenn sie privat mit dem Pkw vorbeikam, meistens auf dem Weg nach *Playa Santiago*, zu ihrem Lieblingsstrand im Süden, hielt sie jedes Mal an. Wenn nicht gerade der Nebel vorbeizog, hatte man atemberaubende Ausblicke in die riesigen Schluchten, die *Barrancos*. Auf der einen Seite Richtung San Sebastian, mit Teneriffa und dem *Teide* im Hintergrund, auf der anderen Seite in den *Barranco von Benchijigua*.

Der Bus hielt an der Stelle, wo die Touristen erst einen Blick nach San Sebastian, dann Richtung Santiago werfen konnten. Carola hatte beim Bergauffahren die Entstehung der Insel erklärt. 12 Millionen Jahre. „La Gomera ist die einzige kanarische Insel, auf der es schon lange keine vulkanische Aktivität mehr gibt, die Insel wird langsam weniger, erodiert." Hier oben bekam man einen Einblick in die gewaltige Macht der Natur. Die Gäste zückten ihre Digitalkameras und waren begeistert. „Hätten Sie am Hafen gedacht, dass es hier oben so aussieht?" Allgemeines Kopfschütteln. Carola war zufrieden.

Nach ein paar hundert Metern bogen sie rechts ab, es ging zurück. Sie musste sich fast beeilen, um all ihre Informationen unterzubringen, bevor der Bus wieder in die Hauptstadt einfuhr. Das Körbchen für das Trinkgeld füllte sich, das sie später mit dem Busfahrer teilen würde, sie schüttelte Hände und verabschiedete sich.

Die freundlichen Rückmeldungen der Gäste stärkten ihr Selbstvertrauen und gaben ihr Zuversicht für die Zukunft: „beste Tour bis jetzt", „Sie sollten sich als Lektor bewerben", „Sie haben genau das gesagt, was ich wissen wollte", „es war keine Sekunde langweilig".

Fröhlich ging sie in die *City*, setzte ihr Trinkgeld um in Obst, eine Zeitung und einen guten Schinken und freute sich darauf, das alles in Ruhe daheim zu genießen. Dann wird sie im Internet nachschauen, was denn ein Lektor auf einem Schiff zu tun hat. Bislang dachte sie immer, das seien Menschen, die in einem Verlag arbeiteten.

Dein Freund und Helfer.

Der Mann in Uniform mit dem strengen Blick stellte sich als *Teniente Padilla* vor. Neben ihm stand ein jüngerer Kollege, der gleichgültig in die Gegend schaute. „Sie hatten also einen Finger in der Suppe", konstatierte der Teniente, als gehöre das in La Gomera zu jedem Mittagessen wie das Gofio. Martina war drauf und dran, wieder vom Hocker zu kippen, aber Norberto stand hinter ihr und stützte sie. Außerdem musste er übersetzen. Die Guardia Civil war ja kein Touristenservice-Unternehmen, das Fremdsprachen beherrschte. „Sí, sí, Señor", nickte Norberto. Martina ebenfalls. Der Teniente tippte irgendwas auf sein kleines Computertablett, die Daten, die Fakten. Das Fundstück lag neben der Suppe, die Martina partout nicht mehr zu Ende essen wollte. „Wir müssen zurück zum Schiff", sagte einer aus der Gruppe bestimmt und mit fester Stimme, Wolfgang, der sicher irgendeinen Manager-Posten in einem großen Unternehmen innehatte, „das fährt um sechs". Norberto versuchte dies dem unbestechlichen Herrn Padilla begreiflich zu machen. Doch der schaute nicht einmal von seinem Tablett auf. Als er fertig war, sagte er, ja, er werde alles tun, dass sie rechtzeitig auf dem Schiff seien, fuhr aber seelenruhig in seiner Arbeit fort. Schrieb er ein Protokoll?

Wolfgang, gewohnt rasche Lösungen zu finden, ließ derweil eine Liste herumgehen, um alle Namen und Daten aufzuschreiben, damit die Abwicklung schneller ging und überreichte die Liste Norberto: „Gib sie ihm bitte und sag ihm, dass wir jetzt los müssen. Ich habe die teuere Kreuzfahrt nicht gebucht, um hier festzusitzen, weil die ihre Suppe strecken." Naja, so kann er das dem Teniente nicht sagen. Nach längerer Verhandlung ließ sich die Obrigkeit, denn so erschien es Norberto, breitschlagen, die Aufnahme des Falls an einen anderen Ort, zu einer anderen Zeit zu verschieben. Norberto solle ins Büro kommen, gleich morgen früh – mit der Liste.

Die Herren Guardias ließen die Wandergruppe gehen, es war schon spät, die Sonne verzog sich und sie mussten ihre Anoraks überziehen, sofern vorhanden. Als sie sich auf den Weg machten, sahen sie, wie die Uniformierten die Küche sperrten und zumindest schien es so, als würden sie Spuren suchen und sich für den Fall interessieren.

Immerhin hatte die Gruppe jetzt an Bord etwas zu erzählen, das ihnen so schnell keiner nachmachen konnte. Den Ärger hatte Norberto am Hals. Morgen zur Guardia Civil. Er hatte keine gute Meinung von ihnen, obwohl sie heutzutage geschult werden, freundlich zu den Menschen zu sein, mehr Richtung Freund und Helfer. Vielleicht war Norbertos Bild noch gefärbt von seinen Erfahrungen Anfang der 70er Jahre, in Südspanien, wo er Zeuge wurde, wie die Guardia mit Knüppeln auf hilflose Menschen einschlug. Die Franco-Zeit ist doch nicht ganz spurlos an den Knaben vorbeigegangen, dachte Norberto. Vielleicht ein Vorurteil. Wird sich ja zeigen. La Gomera ist so klein, da kennt fast jeder jeden. Und deshalb werden die Beamten (sind das Beamte?, fragte sich Norberto) vom Festland importiert. Von wegen verschwägert und verschwippt. Unbestechlich sollen sie sein. Das, was er gerade in der Zeitung gelesen hatte, in der angesehenen *El País*, über die Käuflichkeit der Polizei, der Politik, diesmal in Lanzarote, sonst auf dem Festland oder den Balearen, Kanaren, egal wo, bewies das genaue Gegenteil. Oder warf er da wieder mal was durcheinander? War damit die Guardia Civil gar nicht gemeint? Wieso machte er sich überhaupt solche blöden Gedanken. Kann ihm doch egal sein. Er hat damit nichts zu tun. Das wird er morgen sagen. Ihnen die Liste geben und aus.

Es gibt für alles eine Lösung. Hoffentlich.

Sabine hatte ihre Reiseleiter zusammengerufen. Sie saßen am Hafen in San Sebastian an der Strandpromenade und tranken Kaffee. Der Kioskbesitzer band gerade seine Sonnenschirme an einem Pfosten fest, damit sie nicht vom Winde verweht wurden. Es blies ordentlich. Bis auf Norberto waren alle da. Es war 11 Uhr.

Nun, nach dem zweiten *Crucero*, wollte Sabine eigentlich mit ihren Leuten über das Feedback der Reisenden sprechen, die Auswertungen der Fragebögen, die die Begleitpersonen vom Schiff ausfüllen, was man weiter verbessern könne, wie die Abrechnung aussieht und ob es noch Fragen gibt.

Doch davon konnte jetzt keine Rede mehr sein. Alle quatschten durcheinander, versuchten herauszufinden, was der andere weiß, was vorgefallen ist. Es hatte sich natürlich wie ein Lauffeuer herumgesprochen, dass ein Finger in der Suppe in *La Vista* gefunden wurde und die Guardia Civil den Fall aufgenommen hatte. Norberto war wohl gerade bei der Guardia Civil. Carola, das Greenhorn, getraute sich nicht, etwas zu sagen. Und Sabine zog es ebenfalls vor, sich in der Angelegenheit zurückzuhalten, sie hatte ja auch nur Second-Hand-Informationen. Sabine und Carola warfen allerdings Jens einen strengen Blick zu. Der wiederum schwieg und schaute Walter vielsagend an. „Okay", begann Walter zögernd, „wir" – er deutete auf Jens – „haben auch zwei Finger gefunden. Oder besser: die Finger haben uns gefunden." Ruhe. Schock. Alle Münder standen offen.

Dann löste sich die Starre und sie begannen gleichzeitig auf die Beiden einzureden. Wo? Was, zwei Finger? Von wem? Wie ist das passiert? Was habt ihr damit gemacht? Wer schneidet denn jemandem alle Finger ab? Von wegen alle, es sind ja nur drei ... Wo ist eigentlich Peter?

Bei diesem Stichwort, Peter, war plötzlich betretene Stille eingetreten. Sieht man vom Pfeifen des Windes einmal ab. Jetzt warf auch Carola etwas in die Runde, weil sie glaubte, die Situation ein wenig beruhigen zu können: „Peter ist in Berlin, seine Mutter ist krank.“ „Pfff, dass ich nicht lache! Peters Mutter ist seit über 20 Jahren tot. Das weiß ich genau“. Walter musste es wissen. Der kannte Peter am längsten. Schon in Berlin. Carola bedauerte sofort, den Mund aufgemacht zu haben. Jens schaute sie an, als wolle er sagen: Ist schon gut, Schätzchen, mach dir keinen Kopf. Machte sie aber. Jetzt begann wieder allgemeines Rätselraten.

Sabine konnte ihre Feedbackrunde vergessen, ihre Abrechnungen. Und zudem einen ihrer erfahrensten Guides, Peter, genannt el Flaco. Einer sprach aus, was alle dachten: „Ob die Finger zu Peter gehören?“ Horror.

Da kam Norberto, leicht abgekämpft, aber erleichtert, es hinter sich zu haben. Die Kollegenrunde starrte ihn an, als habe er Peter persönlich auf dem Gewissen. „Was ist los? Ich kann nichts dafür, dass es so lange gedauert hat. Sie wollten wirklich alles genau wissen. Hätte ich nicht gedacht...“ Sie löcherten ihn mit Fragen, was die Guardia Civil jetzt zu tun gedenke, ob sie Peter suchten, ob sie DNA-Proben von dem Suppenfinger machen ließen, ihn einschickten und so weiter. „Halt, halt, was ist denn in euch gefahren? Was weiß denn ich? Vielleicht ist das nur ein Plastikfinger und ein verfrühter Faschingsscherz, die Nummer mit dem Finger. Das ist mir doch egal.“ Norberto wurde aufgeklärt, dass sich die Zahl der Finger schlagartig auf Drei erhöht habe und dass man sich jetzt ernstlich Sorgen um Peter mache, weil Carmita nicht die Wahrheit sagte. Peter ist nicht in Berlin. Wir sollten ihn suchen.

Es wurde eine lange Diskussion, die erstaunlicherweise den Appetit anregte. Sabine bestellte etwas *Almogrote* aus hartem Ziegenkäse zum Picken, ein paar *Papas Arrugadas*, also „Runzelkartoffeln", wie es meist auf den Speisekarten übersetzt war – und dabei huschte immer ein Lächeln über ihr Gesicht, denn sie musste daran denken, wie sie auf der Speisekarte einmal gelesen hatte: Runzelpäpste. Papa heißt nämlich auch „Papst". Der Plural amüsierte sie besonders. Das war zu Zeiten, als nur ein Papst existieren durfte, also vor dem deutschen Pensionistenpapst. Es gab keine Tour früher, bei der sie diese Anekdote nicht erzählte, Runzelpäpste mit Soße – nun kamen also die *Papas Arrugadas* mit *Mojo,* sprich Salsa oder Soße. Grün und rot. Dazu *Carne Fiesta*. Fleisch.

Die Guides putzten alles weg, was auf dem Tisch stand, mit Stumpf und Stiel. Erstens, weil Sabine zahlte und zweitens, weil sie so in ihre Theorien vertieft waren, dass sie gar nicht merkten, wie sie die Teller leer machten. Spekulationen, Ahnungen, Verschwörungstheorien.

Wurde nicht unlängst eine Razzia gemacht bei der Baufirma, die Peter besonders auf dem Kieker hatte? Wie hieß die gleich, *Hormiga*? Steckte die vielleicht dahinter? Geht es um Rache? Es ging wild durcheinander. Der Flaco sagte doch einmal, er wolle eine Partei gründen. Eine Art Umweltschutzpartei. Nächstes Jahr sind Wahlen. Vermutlich hat er sich mit dem Bürgermeister in die

Wolle gekriegt. Und da sollte man doch besser nicht anstreifen ... Jeder hatte etwas beizutragen.

Jens wusste, dass Peter ein Dokument besaß, mit dem er einige Geschäftsleute und hochrangige Politiker in Bedrängnis bringen konnte. Eine Art Notizbuch, in dem feinsäuberlich „Geschenke" aufgelistet waren. Kosten, Konten, Kontakte. Korruption von der üblichen Art. Wie der Fall, der gerade in Lanzarote vor Gericht verhandelt wurde. Eine Rolex hier, ein Mercedes da. Sich blind stellen kostet. Bestechung. Auch hier in La Gomera? Es muss nicht immer eine Baugenehmigung sein. Peter hatte ihm das einmal verraten, als sie ein Glas zuviel intus hatten. Jens fiel nicht mehr ein, wer davon betroffen sein könnte. Und was Peter mit dem Notizbuch anfangen wollte. Der Guardia Civil übergeben? Nie und nimmer. Erpressung? Noch weniger. Nein. Peter hielt das eher als Pfand in seinen Händen. Zu seinem Schutz. Sollte ihm jemand an den Karren fahren wollen. Oder vielleicht wartete er noch auf den richtigen Zeitpunkt, um die Bombe platzen zu lassen? War der etwa schon gekommen?

Jens konnte sich nicht genau erinnern, ob ihm Peter das irgendwann erzählt hatte, ob es ein Scherz war oder ob er das vielleicht nur geträumt hatte. Soweit war es also schon. Delirium Tremens. Oder war es Walter, der das verbreitet hatte? Wunsch, Traum, Wirklichkeit, Erinnerung und Angst – alles wirbelte in seinem Kopf durcheinander.

Carola verfolgte die Diskussion mit Interesse. Dennoch verstand sie meist nur Bahnhof, weil sie nicht genau wusste, von wem jeweils die Rede war. Jetzt merkte sie erst, welch enormer Unterschied bestand zwischen ab und zu mal Herkommen als

Touristin und einem fest hier Wohnen und arbeiten. Sie hatte sich bislang für ganz andere Dinge interessiert und die Gespräche mit den Gomeros beschränkten sich meist auf Wetter, Fußball, Kartoffelernte. Was man in den Kneipen eben so redet. Denn beruflichen oder privaten Kontakt mit den Einheimischen außerhalb der Lokale, in denen sie mal zum Essen oder auf einen Wein ging, hatte sie kaum. Das fiel ihr jetzt auf. Sie kannte eigentlich nur die Kneipenwirte im Dorf! Und ein paar der Gäste, meist männlicher Natur. Sie wusste nicht einmal, wer mit wem verwandt war – denn das halbe Dorf war miteinander verwandt, nein, eher das ganze, *primo* hier, *prima* dort, *sobrino, tío*, Cousins, Nichten und Neffen, Onkel und Tanten, irgendwie gehörten sie alle zusammen. Seltsam. Bislang hatte sie das nicht so registriert.

Während sie in ihre Gedanken vertieft war, erhoben sich die ersten Guías. Die Versammlung war zu Ende. Sie hatte mal wieder alles verpasst. War etwas beschlossen worden, was sie unbedingt wissen musste? Wie geht es weiter? Wer sucht Peter? Hilflos wandte sie sich an Jens. Sie konnte auch nicht genau sagen, warum sie gerade zu diesem nach außen hin etwas schroffen Zeitgenossen Vertrauen gefasst hatte. Vielleicht gerade deswegen. Sie mochte keine Menschen, die immer etwas vorgaben sein zu wollen oder müssen. Denn manchmal ertappt sie sich selbst dabei, dass sie eine Rolle spielte, die ihr gar nicht passte. Vielleicht war das der Grund, warum sie auf die Insel gegangen ist. Endlich die richtige Rolle finden. Aber vermutlich ging es ihr hier wie überall. Sie spielt immer mit. Jetzt spielt sie gerade die Rolle als Reiseleiterin.

Sie überkam eine seltsame Stimmung. Kein Wunder, nach allem, was geschehen war. Und die nächste Tour stand schon bevor. In ein paar Tagen war es so weit. Sie hatte zwar schon zwei Touren glücklich überstanden, das heißt aber nicht, dass sie für die anderen Touren schon gewappnet gewesen wäre. Es gab ja schließlich verschiedene Routen. Und sie fühlte sich immer noch unsicher. Also zupfte sie Jens am Ärmel und sagte: „Machst du mit mir nochmal eine Runde, bevor die nächste Tour ist?“ Jens wiegelte zunächst ab. „Du weißt doch schon genug. Man muss nicht immer 100 % perfekt sein. Das mögen die Menschen gar nicht. Die Leute lieben das Unperfekte. Mach das so, wie du bist und es geht alles in Ordnung.“ „Aber ich kann die Pflanzen doch noch gar nicht unterscheiden – und in *Epina*, da kenn ich mich gar nicht aus.“ – „Musst du auch nicht. Da ist das Lokal, in dem man isst – und bis zu den Quellen kommst du meist sowieso nicht, weil keine Zeit bleibt.“ Es half alles nichts, Carola insistierte, diesmal auf der emotionalen Ebene, gegen die Jens machtlos war: „Bitte, bitte, geh' doch einfach mal mit mir nach *Epina* – ich fühl mich dann besser.“ Für ein Nein war Jens einfach zu schwach. Sein Panzer drohte porös zu werden.

Wer träumt, hat mehr vom Leben.

Was Carola nicht mitbekommen hatte, war, dass alle Guides eine Aufgabe bekamen, um Peter ausfindig zu machen. Nur sie nicht. Entweder war sie gerade so abwesend, dass man sie nicht aus ihren Tagträumen reißen wollte oder sie war nicht vertrauenswürdig genug – oder man traute ihr einfach nicht zu, in der Sache etwas weiter zu bringen. Naja, wie dem auch sei.

Norberto sollte im Cedro nachfragen, im La Vista, ob sie etwas in der Küche bemerkt hatten, Sabine sollte mit Carmita sprechen und nochmal nachhaken, was da los sei, Walter wurde auf die Spur *Hormiga*, also auf die Baufirmen, gehetzt und so weiter. So waren alle Reiseleiter beschäftigt. Bis auf einen. Abgesehen von Carola. Der hatte die Runde schon vorher verlassen. Das ist weiter nicht aufgefallen, weil man ihn nicht wirklich dazu zählte und ihn eigentlich keiner so richtig leiden konnte. Heinrich. Die rheinische Frohnatur. Er war noch nicht so lange bei der Truppe, tat aber so, als habe er sein Leben lang nichts anderes gemacht. Quasi der geborene Alleswisser. Der sich damit brüstet, dass er die höchsten Tiere auf der Insel als Freunde hat. Das ging den alten Hasen reichlich auf die Nerven. Sie scherzten darüber, denn sie sahen es als erwiesen an, dass die hohen Tiere Heinrichs Esel waren. Heinrich hatte eine Eselzucht. Selber einer, meinten manche.

Sie beschlossen, sich wieder zu treffen, wenn sie Ergebnisse hätten und verdonnerten Jens und Walter, ihre Finger bei der Guardia Civil abzuliefern. Wem immer sie gehören mögen – an drei abgeschnittenen Fingern stirbt man nicht.

Ein Besuch kommt selten allein.

„Señora Schmidt, es tut uns schrecklich leid", sagte Teniente Padilla, wie immer, in Begleitung seines stummen Kollegen. Carmita war völlig unaufgeräumt, wie ihr Haus, als die Guardia Civil anklopfte. „Es sind drei Finger aufgetaucht, die vermutlich Ihrem Mann gehören." Bumms. Das saß. Es war hier eigentlich nicht üblich, mit der Tür ins Haus zu fallen und seinen Mitmenschen irgendwelche Wahrheiten mitten ins Gesicht zu schleudern. Carmita fiel auf den Stuhl, der neben dem Telefon stand, direkt an der Eingangstür. Padilla stellte sich und seinen stummen Kollegen vor, erklärte, wie sie die Finger ihres Mannes gefunden hatten und hakte nach: „Wann haben Sie Ihren Mann das letzte Mal gesehen?"

Die Ausrede mit der kranken Mutter konnte sie jetzt nicht anbringen. „Peter sagte, er müsse dringend nach Deutschland fahren, um ein paar Papiere zu regeln – und er hat wohl ganz kurzfristig einen günstigen Flug bekommen. Gleich am Tag darauf war er weg – ich glaube, das war am Montag. Also, am Montag vor einer Woche."

Die Guardias sahen sich um. Wäsche lag verstreut herum, die Kissen auf dem Sofa waren zerwühlt, Tassen, Gläser, volle Aschenbecher. Der Fernseher, das neueste Topgerät, passte nicht so recht zur restlichen, eher rustikalen Einrichtung. Und das Bild auf dem Schirm hatte keinen Ton. Carmita stammelte ein paar Entschuldigungsworte wegen der Unordnung, sie habe Kopfschmerzen und noch keine Zeit gefunden zum Aufräumen. Die Herren deuteten auf eine Tür: „Ist das Ihr Bad?" Ohne eine Antwort abzuwarten, standen sie schon mittendrin. „Welcher

Kamm gehört denn Ihrem Mann?" Carmita deutete schüchtern auf einen Kamm, die Guardias nahmen ein paar Gegenstände mit, packten sie in eine Plastiktüte und meinten nur knapp: „Wegen der DNA". Ob ihr Mann immer ohne Kamm und Zahnbürste verreise, hatten sie nicht gefragt, das schien sie nicht zu interessieren. Sie warfen einen strengen Blick auf Carmita und gingen mit den Worten: „Señora, dürfen wir Sie bitten, sich für weitere Fragen bereit zu halten und uns sofort zu informieren, falls sich ihr Mann oder mögliche Erpresser melden?" Der Junge drückte ihr eine Karte in die Hand, Carmita wieder ihren Hintern auf den Sessel.

Heute war Besuchstag. Die einen gingen, die andere kam. Sabine fand Carmita, die immer noch fassungslos auf ihrem Stuhl saß, reichlich verwirrt vor. Diese Nachricht hatte sie getroffen. Das war nicht gespielt. Carmita war erschüttert. Warum dann das Märchen mit der Mutter? Als Carmita halbwegs ihre Fassung wieder gefunden hatte, erklärte sie Sabine „Er ist nach Deutschland geflogen, weil wir uns gestritten haben. Oder besser, wir wollten nach Deutschland fliegen. Und deshalb haben wir uns gestritten. Daraufhin hat er wohl ganz kurzfristig einen Flug nach Berlin gebucht und mich hier sitzen lassen. Das muss ich ja nicht jedem gleich auf die Nase binden."

Sabine atmete durch. „Und was sagt die Guardia Civil?" – „Die behaupten, die Finger seien von Peter. Sie haben seinen Kamm und seine Zahnbürste mitgenommen. Spurensicherung, DNA, was weiß ich. Sie vermuten Erpressung. Ich soll mich melden, wenn ein Erpresser hier anruft." – „Erpressung? Was soll denn das?" –„Keine Ahnung. Ich weiß nichts. Ich weiß bald gar nichts mehr."

Sabine gestand Carmita, dass sie Peter als vermisst gemeldet hatte, zur Sicherheit, und dass deshalb die Guardia Civil auf die Idee kam, hier zu suchen. „Es gab einfach zu viele Ungereimtheiten – und ich habe mir Sorgen gemacht. Er war wie verschluckt, das ist doch nicht normal, da musste ich ja irgendwas tun, nachdem du mir die seltsame Geschichte mit der Mutter aufgetischt hattest. Machst du dir keine Sorgen um ihn?"

Sabine überlegte, wann sie sich das letzte Mal so von Frau zu Frau (wie das klingt!) unterhalten hatten. Musste ewig her sein. Der Kontakt war irgendwie eingeschlafen, ohne dass sie sagen konnte, warum. Sie hatten viel zu tun. Und Carmita vermittelte manchmal den Eindruck, nicht wirklich zufrieden zu sein. Außerdem hatte Sabine mehr mit Peter zu tun, schon beruflich.

Als Sabine einigermaßen beruhigt das Haus verließ, griff Carmita wieder zum Hörer: *„el teléfono al que llama está apagado o fuera de la cobertura"*. Nicht erreichbar.

Die Liebesquelle

Jens und Carola trafen sich am Ortseingang von Agulo, wie verabredet, um halb elf vormittags – und sie beschlossen, erstmal bei Juan, der Kneipe am Eck, ein *Bocadillo* von der *Plancha* zu essen. „Juan macht das ganz wunderbar: das Brötchen wird auf die Grillplatte gelegt, dazu die Einlage, je nachdem, von Schinken, Käse, Rindfleisch bis Huhn, alles möglich, dann kommt ein Salatblatt mit Tomate dazwischen, Mayo, fertig. Es ist schön plattgedrückt, warm und knusprig." Mit diesen Worten hatte sie versucht, Jens das Frühstück schmackhaft zu machen. Juan ließ sich zu einem geschwätzigen *buenos días* hinreißen, und Carola bestellte *„un bocadillo de lomo con todo"*. Ein ganzes. Das besteht nämlich aus zwei Teilen. Eine Hälfte für sie, eine für Jens. Dazu Kaffee mit Milch und frisch gepressten Orangensaft – und der Tag wird ein Erfolg.

Das halbe Dorf kommt, vor allem am Wochenende, wegen der knusprigen Brötchen, der Bocadillos, in die Kneipe. Am Ambiente kann es jedenfalls nicht liegen, das Lokal verströmt den Charme einer Bahnhofshalle (gemeint sind die Bahnhöfe vor der Umbauwelle im 21. Jahrhundert) und selbst wenn nur zwei Gäste an der Theke stehen, müssen die sich anschreien, weil eine unmögliche Akustik herrscht, selbst wenn der Fernseher gerade Pause hat, was fast nie der Fall ist. Im Winter stellt Juan nicht sehr oft die Stühle vor die Tür, geschweige denn ein Blümchen, zu umständlich, zu viel Arbeit – oder einfach nur zu kalt, keine Gäste, es weht eine kühle Brise und die Sonne versteckt sich hinter der Felswand, die sich ein paar Meter vor der Tür emporreckt. Carola mag dieses Lokal. Weil sich die Gomeros, selbst die Geschäftsleute, kein bisschen an den Geschmack der

Touristen anpassen. Das nennt man dann authentisch. „Was könnte man alles daraus machen“ – sie hätte viele Ideen. Erstmal Vorhänge hinhängen, wegen des Schalls. Dann vielleicht ein paar Sofas reinstellen, wegen der Gemütlichkeit. Und mit Pflanzen in einem Regal den Raum aufteilen, wegen der Größe, Akustik und Gemütlichkeit gleichzeitig. Diese Ideen würden sicher alle abgelehnt, sie kennt Juan, deshalb behielt sie ihre Meinung für sich. Er ist ein lieber Kerl, aber unendlich stur. Carola schaut ab und zu einen Sprung vorbei, um nebenbei den neuesten Klatsch des Dorfes zu erfahren. Von Juan, wenn er gut gelaunt ist – oder wenn ein potenzieller Gesprächspartner an der Theke lehnt.

An der Wand vom Tresen hängt ein Zeitungsständer. Carola hat noch nie gesehen, dass jemand eine Zeitung gekauft hätte. Das Sortiment ist auf kanarische Zeitungen beschränkt. Wer eine „ordentliche“, sprich spanische oder internationale Tageszeitung will, muss einen Tagesausflug in die Hauptstadt machen. Dort kommen die Printmedien mit der Fähre am Morgen an, so um 10 Uhr – und bis sie in den Norden gelangen, sind sie Schnee von gestern und wurden außerdem von den Fernsehnachrichten überholt ...

Auch wenn alle Welt vom Tourismus und den Chancen des Geldverdienens spricht, in den meisten Köpfen der Menschen auf dem Land hat sich noch keine Vorstellung davon gebildet, was das bedeuten könnte. Beispielsweise dass die Bars und Geschäfte dann öffnen, wenn die Touristen da sind. (Nämlich zur Siesta-Zeit, wenn alles geschlossen ist, zwischen 14 und 17 Uhr). Oder den Kaffee mit einem Lächeln zu servieren. Vielleicht auch mal die Tische nett dekorieren, oder eine schöne Serviette auf den Tisch legen. Sich überlegen, was der Gast wünscht. Etwa draußen an der frischen Luft sein. Wenn die Mitteleuropäer im Winter die Insel besuchen, möchten sie auf einer Terrasse im Freien sitzen mit etwas Ambiente, und nicht in finsteren Höhlen wie die Gomeros. Das ist für die Landbevölkerung genauso unverständlich wie baden gehen mitten im Winter für sie absurd ist. Seltsame Touristen. Mit seltsamen Begierden. Provinz ist keine Region, sondern eine Geisteshaltung. (Ist das ein Zitat?).

Carola wusste, es steckt kein böser Wille dahinter – oft einfach nur die Tatsache, dass die Inseln abseits im Atlantik lagen und eine Reise meist nur mit der Fähre möglich war. Innerkanarisch. Angeblich haben 8 Prozent der kanarischen Bevölkerung Flugangst. Kein Wunder, wenn man da nicht so weltoffen ist. Zumindest hier, in diesem vergessenen Winkel.

Genügten Carola ein paar Bisse in ihr belegtes Brötchen, um die Laune zu heben, schien bei Jens das Gegenteil zu passieren. Drückte das Ambiente auf seine Stimmung? Carola musste ihn erst überzeugen, dass dieser Tag ein guter Tag sein wird und versuchte ihn aufzuheitern: „Gehen wir heute wieder auf Fingersuche?“ Versuch gescheitert. Jens schien ein Morgenmuffel zu sein, auch das noch! – hat für diese Art Scherze am frühen Morgen offensichtlich nicht viel übrig und spuckt beinahe seinen Milchkaffee wieder aus. „Scherz“, tönte Carola hintennach, als habe das Jens nicht selbst bemerkt. „Wenn das nicht du wärst, ich würde...“ Jens fand kein Ende für seinen Satz und es schien ihm auch egal zu sein. Er hatte sein Kompliment deponiert und das musste genügen. Carola beschloss, ihr Bocadillo schweigsam fertig zu essen und hoffte, dass Jens auf der Fahrt, oder wenigstens oben in den Bergen, auftaute. Sie hatte es ja schon einmal erlebt, wie er in der Natur plötzlich aufblühte. Also abwarten. Sie hatte Zeit.

Jens bestand darauf, mit seinem alten, verbeulten Opel zu fahren. An der Seite eines schweigenden Fahrers zieht sich die Strecke bis *Epina* ganz schön hin. Die ersten 15 km nach *Vallehermoso*, auf der ältesten Straße der Insel, wie sie gelernt hatte, vergingen vergleichsweise schnell. „Die Straße ist mittlerweile gut ausgebaut“, Carola übte ihren Text für den Bus, wenn schon Jens die Schweigemauer aufgestellt hatte. „Für die Carretera Norte, die Anfang des 20. Jahrhunderts gebaut wurde, brauchte man rund 50 Jahre. 50 Jahre für 41 Kilometer! Aber wenn Sie sich diese Felsen anschauen, dann kann man sich vorstellen, wie mühsam es war, dem Berg diese Straße abzuringen – vor allem, weil zu dieser Zeit ja nicht die nötigen Maschinen vorhanden waren – und alles erst auf die Insel transportiert werden musste. Die Fähre, die heute täglich zwischen Teneriffa und La Gomera pendelt, wurde ja erst 1974 eingerichtet. Vorher war Reisen für die Inselbewohner ein Abenteuer. Sie wurden mit Hilfe von Kränen und Kisten auf Schiffe verladen wie die Bananen und fuhren acht Stunden bis Teneriffa. Unvorstellbar!“

Carola war selbst erstaunt, dass die Insel eigentlich erst seit ein paar Jahrzehnten in der Zivilisation angekommen war, wenn man so will. (Das erklärt so einiges). Im frühen 20. Jahrhundert gab es zwar einen Bananenboom und englische Firmen brachten Wohlstand und Innovationen wie Telefon und elektrisches Licht in manche Dörfer, zum Beispiel nach Agulo, aber die Küstenhäfen und Verladestationen für die Bananen wurden in den 50er Jahren vom Sturm zerstört, die Moral der Menschen von Bürgerkrieg und Franco-Regime, und den Rest besorgten die Krisen in der Landwirtschaft. Gomera war seit Jahrhunderten sich selbst überlassen, schlimmer noch, alles, was es gab, wurde zumindest auf die Nachbarinsel, Teneriffa, verbracht, im Prinzip seit dem 16. Jahrhundert. Die Gomeros waren geübt in Bescheidenheit und Selbstversorgung. Doch manchmal gelang nicht einmal das. Unter Franco war Spanien international isoliert und so flüchteten die Menschen nicht aufs Festland, sondern massenweise Richtung Übersee, nach Kuba und Venezuela, wo sie Freiheit und Arbeit suchten.

Carola hatte gerade erst vor ein paar Tagen eine Foto-Ausstellung im Museum von Agulo besucht, das kurz seine Pforten öffnete. Dort war die Emigration dokumentiert: In den 50er Jahren verließen 3.586 Menschen in 34 Schiffen die Insel. 3.573 Männer, 13 Frauen (!). Die kürzeste Reise dauerte 21 Tage, die längste angeblich 86. Unter Bedingungen, die man sich nicht vorstellen kann. Ohne Navigationsgeräte – sie fuhren nach Sonnenstand – mit ein bisschen Gofio und viel zu wenig Wasser. So ähnlich wie heute die Afrikaner, die boat-people, die aus der Sahara kommen und auf den Kanaren stranden. Oder im Wasser landen. Für immer.

In den 80er Jahren lebten genauso viele Gomeros in Teneriffa wie auf La Gomera selbst, heute leben sogar mehr Gomeros auf der Nachbarinsel als daheim. Ein Phänomen, das es auf keiner anderen kanarischen Insel gibt, sei sie auch noch so klein, wie etwa El Hierro. Warum genau der Fluchtinstinkt auf La Gomera so ausgeprägt war, hatte sie noch nicht herausgefunden. Das Leben im Paradies war früher schon anstrengend und ist es bis heute geblieben. So konnte sie das den Touristen im Bus natürlich nicht sagen. Die wollten ja einen schönen Tag verbringen.

Sie würde schon die richtigen Worte finden, war sie überzeugt.

Sie fuhren durch *Vallehermoso* ohne Kaffeestopp, sehr ungewöhnlich – hatte es ihr Experte eilig? Auch zu diesem Dorf im Norden, der größten Gemeinde der Insel, flächenmäßig, wie ihr Sabine beigebracht hatte, fiel ihr eine Menge ein. Hier gab es einen Dichter, Pedro García Cabrera, der gegen die Diktatur anschrieb und zu 30 Jahren Haft verurteilt wurde, Widerstand (auch beim Straßenbau!), Rebellen. Sie musste das nochmal nachlesen. Das war natürlich auch keine Information für den Bus, aber je mehr sie sich mit der Geschichte der Insel befasste, umso mehr interessierten sie die Hintergründe. Sie war eben doch ein neugieriger Mensch. Einmal Feuer gefangen, brannten ihr die Fragen unter den Nägeln. Sie musste die Antworten unbedingt finden. Da fiel ihr wieder Peter ein.

Als könne Jens Gedanken lesen, fand er plötzlich, während sich das Auto die Kurven Richtung Epina hinaufwand, seine Sprache wieder: „Es ist Peter. Sie haben die DNA gemacht." Carola war wie vom Blitz getroffen. Daher die schlechte Laune. Mist. Wie kann das sein? Und woher wusste Jens das? Trotz der vielen offenen Fragen, schwieg Carola betroffen. Jens war traurig, das spürte sie – und sie wollte seine Gefühle respektieren.

Endlich in *Epina* angekommen, hoch über *Vallehermoso*, packte Carola noch im Wagen ihre Wanderkarte aus, um herauszufinden, welche Wege es hier gibt und wo die Einstiege sind. *Epina* war eigentlich nichts weiter als ein Ausflugslokal mit ein paar improvisierten Parkplätzen vor dem Haus. Das einzige Restaurant weit und breit. Hühner spazierten vor den Autos herum. Wenn gerade kein Bus anhielt, war die riesige Halle mit den Glasfassaden wie ausgestorben. „Geschmack haben sie hier wirklich keinen“, konnte sich Carola nicht verkneifen.

Das Kapital des Lokals lag in der wunderbaren Aussicht in den *Barranco* von *Alojera*. Sofern man etwas sehen konnte, weil häufig die berühmte Wolke die Sicht verhängte. Jens ging schnurstracks zur Theke des Lokals und bestellte sich einen *Vino del País*, einen Landwein aus der Gegend. Carola hatte eher Hunger, keine Ahnung, warum, sie hatte doch gerade erst reichlich gefrühstückt. Sie hielt sich zurück und kaufte nicht einmal einen der trockenen Kekse, die abgepackt auf einem Tisch für die Touristen zum Verkauf lagen. Sie wäre am liebsten unsichtbar an der Seite von Jens gewesen, in diesem Augenblick. Sie hatte das Gefühl, als sei sie durchsichtig, nicht unsichtbar, als sei alles, was sie vorhabe, so durchsichtig wie Plexiglas und als wisse jeder, was hier gespielt wird. Überraschenderweise hatte der Wein Jens wieder geerdet, es sprach ganz der Experte: „Na gut, dann gehen wir jetzt erstmal zu den *Chorros de Epina*“. „Da braucht man wenigstens kein Wasser mitzunehmen“, versuchte sich Carola in Ironie und stapfte Jens hinterher. Das kam ihr bekannt vor, natürlich, die *Chorros de Epina*! Das war die Sache mit der Liebe. Wer hatte das doch gleich gesagt: Liebesquelle? Schön. Ein Besuch der Liebesquelle. Dieses Wort würde sie bei ihrer Tour verwenden. Das wird den Gästen sicher gefallen.

Der Weg war mit einem großen Schild angekündigt, in zehn Minuten war man durch dichtes Grün hinunter gehüpft zu der Stelle, wo das Wasser feinsäuberlich über die Holzrinnen in einen Bottich floss. Sieben Stück an der Zahl, sieben Quellen quasi. Jetzt fiel es Carola wieder ein. Hier war sie schon einmal, ewig her. Was der Mensch alles vergessen kann! Auf einer Tafel war erklärt, was es mit den *Chorros* auf sich hat. Gut, dann brauche ich mir das schon mal nicht zu merken. Es steht ja da:

Los Chorros de Epina.
Los Gomeros han mantenido, a causa de su aislamiento, tradiciones y costrumbres singulares que se manifiestan en todos los aspectos de la vida. Entre estas manifestaciones destaca su especial relación con el agua, de la cual la tradición de los Chorros de Epina es un vivo ejemplo. Cuenta la tradición que para conseguir el amor deseado debe beber de izquierda a derecha, las mujeres en los chorros pares los hombres en los impares.

Sie drücken sich immer so schön blumig und umständlich aus. Wichtig war nur zu wissen, dass man das Wasser von links nach rechts trinken muss, um die erwünschte Liebe zu bekommen – die Frauen an den geraden, die Männer an den ungeraden Quellen. Da hatten ja die Männer einen Vorteil – sieben war eine ungerade Zahl, der letzte Wasserstrahl war nur für die Männer? Oder für beide?

Sie trank dreimal von links nach rechts, überlegte kurz, was wohl ihre erwünschte Liebe sei. Ihr fiel nichts ein, aber schaden konnte es auf keinen Fall, schon mal vorsorglich aus der Liebesquelle zu trinken. Der Experte setzte sein skeptisches Gesicht auf und verweigerte den Liebestrank. Typisch.

Er interessierte sich mehr für die Gomera-*Cinerarie*, das gomerische Greiskraut, wie er erklärte. „Das ist ein Endemit, blüht weiß, rosa oder violett." Carola machte ihr wissendes Gesicht. Endemit. Über die Eselsbrücke Eremit konnte sie sich vielleicht dieses Wort endgültig merken. „Hier blüht es vor allem weiß" fährt Jens fort. Für Carola sah das eher wie eine kleine Margarite aus und ob sie sich den Namen merken würde? *Cinerarie*? Vielleicht gerade noch Greiskraut. Ein neues Wort am Tag ist genug. Außerdem befand sie: hässlicher Name für eine hässliche Pflanze. Sie sagte das nicht, sie wollte Jens die Freude nicht verderben, jetzt, wo sich seine Laune gebessert hatte. Sie wusste sowieso, was er darauf sagen würde: „Es gibt keine hässlichen Pflanzen. Jede Pflanze hat ihren Reiz, man muss ihn nur entdecken." Doch danach stand Carola jetzt kein Sinn. Ihr Magen knurrte. Sie hatten die Wahl, hier oben, auf 700 m die einzigen Gäste zu sein, sich einen trockenen Keks zu kaufen und eine Runde zu laufen oder in Vallehermoso einzukehren.

„Ich dachte, du wolltest hier ein wenig wandern" zeigte sich Jens enttäuscht. Essen. Essen konnte man überall. Aber die herrliche Natur genießen, das geht nur in den Bergen. Also gut. Essen wir hier eine Kleinigkeit und gehen dann spazieren. *Carne en Salsa*, Fleisch in Soße, gab's. Von wegen Kleinigkeit. Und es schmeckte wider Erwarten ganz gut. Sie kamen ins Plaudern. Und Jens kam vom Hölzchen auf Stöckchen bei seinen Naturschilderungen. Carola genoss seinen Vortrag. Schön, wenn jemand von etwas so begeistert sein konnte. Beneidenswert.

Beim anschließenden Spaziergang, der weniger durch den Wald, als vielmehr auf einer Piste entlangging, erklärte Jens das Gestein und dessen Entstehung und schlug vor, den Rückweg über den Nationalpark zu fahren, dann könnte er ihr im Wald noch die typischen Lorbeerbäume zeigen und woran man die Unterschiede erkennt. Prima. Das würde den Tag abrunden und Carola konnte ihn unter „wieder was gelernt" in ihre Chronik eintragen.

Als sie zum Auto gingen, sahen sie schon von Weitem ein Sträußchen unter dem Scheibenwischer. „Schau, du hast schon eine Verehrerin, dabei hast du gar nichts aus der Liebesquelle getrunken". Die Miene von Jens verfinsterte sich. Er sah sofort, dass die Blümchen, *Espuma de mal*, kein Geschenk sein konnten, kein Mensch verschenkt Unkraut – und schon gar nicht „Schaum des Bösen". Es konnte nur die Verpackung für etwas sein, das als Gegenteil eines Geschenks gedacht war, als Drohung. Aber warum? Und von wem?

Nachhaltige Geschenke.

Carola kam es vor, als sei ihr Experte diesmal nicht in ein eisernes Schweigen verfallen, sondern eher in eine Art Koma. Es war gar nicht daran zu denken, noch einen netten Spaziergang im Nationalpark zu unternehmen und die Blätter von Lorbeerbäumen umzudrehen, um die Baumart zu bestimmen. Jetzt würde sie das nie lernen!

Sie wagte kaum zu atmen, weil sie Angst hatte, die Windschutzscheibe würde zerspringen, so angespannt war die Stimmung im Auto. War aber auch kein Wunder, machte sie sich Sorgen um irgendwelche belanglose Pflanzenbestimmungen, musste sich Jens wirkliche Sorgen machen. Der vierte Finger, der an seiner Windschutzscheibe klemmte, galt allein ihm. Oder hatten sie ihn verwechselt? Was heißt hier „sie". Waren es mehrere? Peter wird sich ja wohl nicht selbst seine Finger abschneiden und sie dann freizügig über die Insel verteilen ... Wer steckt dahinter? War das jetzt eine offene Drohung gegen ihn? Warum? Er kümmerte sich doch gar nicht um irgendwelche Schiebereien, diesen Job hatte ja Walter übernommen. Gut, er wusste viel. Aber was interessierte ihn das. Kann man nicht mal im hinterletzten Dorf seine Ruhe haben? Warum hatte er sich nur breitschlagen lassen, diese Touren als Reiseleiter mitzumachen. Kaum hatte er mit Menschen Kontakt, gingen die Schwierigkeiten wieder los.

Erstes Opfer seiner Kontaktverweigerung war Carola. Jens fuhr den direkten Weg zu ihrem Auto zurück, um sie abzusetzen und dann schnellstens nach Hause zu fahren, wie Carola glaubte. Oder sollte er erst das Finger-Sträußchen zur Guardia Civil bringen?

Carola stieg aus dem Auto aus, völlig niedergeschlagen, sie wagte nicht einmal ein „Auf Wiedersehen" oder „bis übermorgen" und schon gar nicht „trinken wir noch einen Kaffee?" zu sagen. Da vernahm sie Jens' Stimme: „Hast du einen Schnaps daheim?"

Ohne die Antwort abzuwarten, denn Carola hatte keinen Schnaps zu Hause, stieg er wieder in seinen Opel und fuhr Carola hinterher nach Las Rosas.

„Hier gibt es auch noch viel zu tun" bemerkte er lakonisch, als sie die Tür ihres Zuhauses mit einem kräftigen Ruck öffnete. Carola überhörte das, schließlich wohnte sie hier ja nur vorübergehend. Sie stellte ihm ungefragt ein Glas Wein hin: „Schnaps habe ich keinen, musst du halt die Dosis erhöhen".

Das Maß war langsam voll, fand sie. Jeden Tag tauchten neue Finger auf, neue Theorien, aber nichts wurde geklärt. „Lass uns etwas unternehmen", sagte sie schließlich zu Jens. „Kindchen, du bist naiv. Außerdem sind wir sowieso dabei, unsere Fühler auszustrecken, jeder hakt irgendwo nach. Nur ich wollte eigentlich meine Ruhe haben. Und ausgerechnet mir klemmt man den Finger als Geschenk verpackt an die Windschutzscheibe? Das ist doch idiotisch."

„Peters Fingerzeig" murmelte Carola vor sich hin. Irgendwas soll uns das doch sagen. Aber was? Wenn die Rechnung stimmt, haben wir jetzt drei linke Finger (Zeige-, Mittel- und kleiner Finger) und einen Finger der rechten Hand, den Mittelfinger. Keine besonders schöne Vorstellung, wenn man an den Flaco denkt.

Wer fühlt eigentlich Carmita auf den Zahn? Da ist doch was faul, wenn die uns Ammenmärchen erzählt? Sie legte damit den Finger in die Wunde.

Centro de Visitantes, Juego de Bolas

Jens brachte seinen Fund zur Guardia Civil, aber erst am nächsten Tag. Er hatte in Las Rosas noch so viel Wein in sich hineingeschüttet, dass ihn Carola nicht mehr ans Lenkrad ließ. Es war viel zu gefährlich, im Vollrausch die ganze Strecke über die Berge zu kurven – und noch viel ärgerlicher, *Trafico*, der Verkehrspolizei, in die Fänge zu geraten, die hohe Strafen verhängten, wie Carola bereits erfahren durfte. Nicht dass er am Ende noch den Führerschein verliert. Und Schuld daran wäre sie. Sie versteckte kurzerhand seine Autoschlüssel. Jetzt wusste sie immerhin, wie der Opel zu seinen vielen Beulen gekommen war.

Jens beschloss, ab sofort nicht mehr aus seinem Haus zu gehen, als er schließlich am nächsten Tag in seinem Eck, im Barranco von San Sebastian, ankam. Er wollte nicht noch mehr angehängt bekommen. Keine Stories, keine Wünsche, keine Erwartungen – und vor allem keine Finger mehr. Vielleicht würde er noch eine letzte Tour machen, bis Sabine Ersatz für ihn hatte, dann wollte er dieses Tor zu seinen Mitmenschen ebenfalls schließen. Er hatte genug. Und was ging es ihn an, wo Peter überall seine Finger reingesteckt hatte! Soviel konnte man gar nicht saufen, um all den Mist zu vergessen.

Während Jens abschaltete, ging es bei Carola gerade erst so richtig los. Sie hatte Lunte gerochen. Irgendjemand muss sich ja um den Fall kümmern. Wer weiß, wie hier die Polizei drauf ist. Wenn sie so funktioniert, wie alles andere auf der Insel, also schleppend, werden sie erst den Kopf von Peter finden müssen, um endlich was zu unternehmen. Und das fand sie dann doch reichlich spät.

Sie überlegte, wo sie anfangen sollte. Allerdings war sie mit Überlegen nie weit gekommen, wenn man von der Distanz absieht, die nun zwischen ihrem alten Leben und dem hier lag. Sie setzte sich ins Auto und ließ das Autochen fahren. Intuition ist alles, oder? Liest man doch überall. Und die richtigen Kommissare im Krimi (war denn der Teniente Padilla ein richtiger Kommissar?) folgten immer ihrer Intuition: Peter Falk als Columbo. Genial. Gut, sie war jetzt weder Polizistin, noch Kommissarin, noch Agatha Christie, aber da Jens ausfiel, um weitere Erkenntnisse über die Insel und allfällige Fälle zu sammeln, musste sie es eben auf eigene Faust probieren. Nachdem Jens am Morgen murrend in seinen Opel gekrochen war, fuhr auch sie einfach los.

Ihr kleines, geborgtes Auto wählte die Bergroute, nicht weit von ihr, ging es noch ein Stück den Hang hinauf, bis zum Besucherzentrum von *Juego de Bolas*. Na klar, hier war sie richtig. Hier wurde alles erklärt über die Insel. Sie streifte durch den Botanischen Garten und versuchte, mal wieder, sich die Namen der Pflanzen einzuprägen, ließ sich Landkarten und Infos über den Nationalpark *Garajonay* geben, der immerhin an die 10 % der Inselfläche ausmachte und seit 1986 Weltkulturerbe der UNESCO ist. Wieso eigentlich Weltkulturerbe? War das nicht Natur? Weltnaturerbe? Komisch. Überall stand aber Weltkulturerbe. Vielleicht konnte man in dieser Kategorie leichter einen Titel kriegen? Wird sie dann im Bus sagen: Weltkulturerbe? Oder Weltnaturerbe? Liegt dem vielleicht ein Übersetzungsfehler zugrunde? Interessiert das eigentlich irgendjemanden (außer ihr, sie war nämlich kleinlich, was Begriffe anging, man könnte auch sagen: genau. Berufskrankheit). Sie fragte den freundlichen Herrn, welche Wanderwege wegen des Brands noch gesperrt seien und dieser machte ein paar Kreuzchen auf Ihre Parkkarte. Fast alles offen. Das ging schnell.

Sie setzte sich in dem kleinen Museum, links hinten, auf das Bänkchen und ließ sich berieseln. Es lief ein Video, das alle Eigenheiten (nein, so konnte sie das auch nicht formulieren – Besonderheiten? Schönheiten? Traditionen?) der Insel vorführte: Silbo, die einzigartige Pfeifsprache, die seit 2009 ebenfalls als Weltkulturerbe gilt, *Astia*, den Hirtenstab, mit dem die Schäfer über das steinige Gelände „springen" und die Töpfereien von *El Cercado*, ohne Töpferscheibe hergestellt – die ganze Palette. Als der Film wieder von vorne anfing, merkte sie, dass sie gar nicht richtig hingehört hatte, konnte und wollte aber nicht bleiben, um sich das Ganze noch einmal konzentriert anzuschauen.

Sie hatte das Gefühl, keine Luft zu kriegen, in dem kleinen Raum roch es modrig von dem alten Zeug, das hier herumstand: Figuren und Möbel, die Szenen darstellten, wie das Leben früher auf dem Land angeblich war, wie man Gofio machte, wie man lebte, arbeitete – und wie man in Höhlen verscharrt wurde, nachdem man sein vermutlich entbehrungsreiches Leben hinter sich gebracht hatte. Wobei die Frage war, ob man überhaupt wusste, dass man etwas entbehrte, weil man ja nichts anderes kannte. Das Fernsehen war zu dieser Zeit noch nicht erfunden. Zur Demonstration lag ein Skelett in einer Nische, hinter einer Glasfront. Ureinwohner.

Sie trat ins Freie und atmete erstmal tief ein. Vor dem Museumshäuschen standen lustige Geräte, die Luftfeuchtigkeit und Sonnenstunden maßen, das fand sie viel interessanter. Aber am interessantesten waren die kleinen Shops, vor allem der mit den selbstgemachten Keksen. „Probier' mal, die hier sind mit Mandeln." Die freundliche Frau hinter der Glastheke reichte ihr den Keks. Vorzüglich. Die Kekse waren in der Regel steinhart, aber sehr schmackhaft. Und wenn es die Zähne aushielten, stieß man auf Anis oder Kakao, auf Gofio oder Wasweißich. Als Carola zahlen wollte, winkte die Keksmacherin ab. Kann man denn nirgendwo sein Geld los werden? Aber sie war ja nicht zum Keksessen hier. Wie sollte sie eine Spur zu Peter finden?

Sie ging zurück in die große Halle, umrundete das Modell, das von La Gomera, rechts im Saal aufgebaut war, betrachtete die tiefen Einschnitte, die Barrancos, die Canyons. Da war sie. So eine schroffe Insel! Schaut überhaupt nicht einladend aus. Dieses Fleckchen Erde ist nur etwas für Menschen, die entsprechenden Entdeckergeist mitbringen, wie Christoph Kolumbus, fuhr es ihr durch die Hirnwindungen. Man muss sich jeden Zentimeter erarbeiten. Das war es wohl. Carola suchte die Herausforderung. Es war jedoch nicht der Esel auf dem Eis, den ihre Mutter immer zitierte, es war das Gegenteil. Ihr Spruch war: „Wenn alle Stricke reißen, gehe ich auf die Insel." Auch wenn die Stricke noch nicht ganz durch waren, fand sie die Idee des Probewohnens sympathisch. Erst später fiel ihr der Spruch von Nestroy wieder ein: „Wenn alle Stricke reißen, hänge ich mich auf." Aber so weit war sie lange nicht. Es musste sich erst herausstellen, was alles in diesem kantigen Stück Land steckte.

Sie schlenderte an den Wänden entlang, ließ die Bilder, die Beschreibungen, an sich vorbeiziehen. Vulkangestein, Höhe, Alter, beeindruckend. Sie schlüpfte wieder in die Rolle der Reiseleiterin. So ein Vulkan wächst aus dem Meer heraus. Das, was man heute La Gomera nennt, war eigentlich nur die Spitze eines

Eisbergs, also eines Vulkans, der noch 3.000 m unter dem Wasser weiterreicht. Stimmt das? Und knappe 1.500 Meter schauen aus dem Meer raus. Seit fast 3 Millionen Jahren keine vulkanische Aktivität mehr, im Gegensatz zu den anderen Kanaren, deshalb sind alle Krater schon eingebrochen, die Erde um die Vulkanschlote erodiert, die Einschnitte, Barrancos, besonders lang und tief. Das Bild von einer Zitronenpresse, das sie neulich irgendwo gelesen hatte, gefiel ihr besonders gut. „Sie müssen sich die Insel wie eine Zitronenpresse vorstellen..." Jetzt stand sie auf der Zitronenpresse HIER. *Usted está aquí.* Sie befinden sich hier. Und zwar ziemlich ratlos. Sie ging hinüber in den kleinen Saal, der freundlicher erschien. Farbiger. Hier gab es Einblick in den Wald, in die Pflanzen- und Tierwelt, in die einzigartige Vegetation. Carola drückte einen Knopf – das passende Bild an der Wand leuchtete auf. Nettes Spielzeug. Ein schöner Ort, um auf Knopfdruck seine Stimmung zu heben. Am Infoschalter lagen verschiedene Bücher aus, sie blätterte darin herum, kaufte nichts. Kein Budget. Dann warf sie noch einen kurzen Blick in den Innenhof, der mit Blumentöpfen endemischer Pflanzen bestückt war und kehrte zurück in den Garten. Schön. Blumen trösten. Sie konnte Jens verstehen. Sie wird sich gleich irgendwo auf dem Weg heimlich ein paar Blümchen mitnehmen.

Experte gesucht.

Der wahre Grund, warum Jens nicht mehr aus dem Haus gehen wollte, war 1,75 groß und blond. Ganz gegen seinen Willen ging ihm Carola, obwohl sie so forsch war und ihn ständig unterbrach und forderte (oder gerade deswegen?) nicht mehr aus dem Kopf. Er beschloss, ein strenges Gegenprogramm einzuführen, sich seinen persönlichen Studien zu widmen. Was in Summe hieß: Bier ab Vormittag, Wein ab Mittag und Cognac in den Kaffee. Abends: was geht. Die nächste Tour stand bevor, ob er sich bis dahin wieder eingekriegt hatte und dann pünktlich am Schiff war, wusste niemand.

Warum hatte ihm Carola die Autoschlüssel weggenommen? Machte sie sich wirklich Sorgen um ihn? Warum war er ihr hinterher gefahren? Das hatte er ja seit Jahrhunderten nicht mehr erlebt. Und wie ist er eigentlich ins Bett gekommen? Er lag tatsächlich in ihrem Bett, als er morgens aufwachte. Sie brühte bereits Tee auf. Hat sie auch in seinem, ähm, in ihrem Bett geschlafen? Beide etwa? Sie hatte ja nur ein Bett. Und ...? Nein, das kann nicht sein. Er hatte ja noch alles an. Also, fast. Die Socken waren ausgezogen. Peinlich. Seine stinkenden Socken – wo sind die eigentlich? Er sollte wirklich ein wenig besser auf sich aufpassen. Zumindest wenn eine irgendwie geartete Chance bestand, mit seinen Mitmenschen in Kontakt zu treten. Umso mehr, wenn diese Mitmenschen weiblich waren.

Nein, nein, nein. Jetzt ist er schon wieder bei Carola gelandet, geistig! So kann das nicht weitergehen. Er stellte den Fernseher an. Damit gelingt es eigentlich immer, das Gehirn abzuschalten und gleichzeitig jedwede Motivation. Aus dem Fernsehgerät treten bestimmt irgendwelche Strahlen aus, dachte er, die menschliche Nervenzellen lähmen. Man wird nicht nur körperlich völlig fertig, sondern kann auch nach dem Konsum von 1, 2, 3 Fernsehstunden keinen klaren Gedanken mehr fassen. Und genau das wollte er. Obwohl: die Gedanken an Carola waren sowieso alles andere als klar.

Aber sie waren da. Sie waren auch noch da nach den Nachrichten, nach der Serie *cuéntame cómo pasó* und nach der bescheuerten Werbung. Sie waren da, egal, welches Programm er sich reinzog, das spanische vom Festland oder das kanarische, das sowieso nur aus Propaganda (nein, nicht Werbung, sondern Selbstbeweihräucherung), Politik (also Propaganda und/oder Korruption) und Sport bestand. Sport und Spektakel. Obwohl er in diesem Zustand gar keinen Alkohol gebraucht hätte, schenkte er sich nach. Rotwein. Fein.

Das Klingeln des Telefons klang für ihn in diesem Moment wie ein Wiegenlied. Er ließ es einfach weitersingen.

Mist, warum geht der nicht ans Telefon? Carola machte sich tatsächlich Sorgen um Jens. Sie wusste, wie er drauf war. Und sie wusste, warum er nicht ans Telefon ging. Sie wollte ihn fragen, ob er das Fingersträußchen schon bei der Guardia Civil abgegeben hat. Der bringt es fertig und schmeißt es einfach weg! Dabei brauchen wir doch alle Beweise.

Und sie brauchte ihn als Experten. Sie hatte eine Idee.

Hormiga ist fleißig

Walter fuhr die *Carretera Norte* bis Agulo. Er war schon ewig nicht mehr dort gewesen, obwohl es nur rund 25 Kilometer entfernt ist von San Sebastian. Ja, mit dem Bus, wenn er die Tour mit dem Nationalpark hatte, kam er an Agulo vorbei. Aber häufig blieb keine Zeit zum Anhalten und so rauschte das idyllische Dörfchen an ihm und den Businsassen vorbei. Sicher, von der Straße aus, oberhalb des Dorfes, bot sich ein phantastischer Ausblick auf den Teide, der sich hinter den drei Ortsteilen in seiner ganzen Pracht präsentierte. Vorausgesetzt, es war das richtige Wetter. Sonst konnte es passieren, dass man gar nichts sah, eine graue Suppe, Teneriffa verschleiert oder verschluckt, von Wolken oder Wüstenstaub.

Heute war Postkartenwetter. Teneriffa erhob sich aus einem klaren Blau, die aneinanderklebenden Häuser von Agulo leuchteten um die Wette. Deutlich zeichneten sich die drei Ortsteile vor der Nachbarinsel ab. Rechts *La Montañeta* an der Durchgangsstraße, in der Mitte, majestätisch vor dem Teide, *Las Casas* und links vor dem Friedhof *El Charco*, „die Pfütze", am Hang hinauf, Richtung Tunnel.

In letzter Zeit wurden die Fassaden bunt angestrichen. Mode, früher waren alle weiß mit Ziegeldächern. Stimmt es, dass es in der Diktatur nicht erlaubt war, sein Haus anders als weiß zu streichen? Ein paar Ziegeldächer waren geblieben. Ein paar weiße Ballons unterbrachen das Bild im Zentrum. Es waren die Kuppeln der Kirche, die aus dem Rahmen fielen, die Kirche im „maurischen Stil", wie es überall stand, nur im offiziellen Führer der Inselregierung hatte man es mit „gotisch" übersetzt.

Vielleicht weil die Fenster Spitzbögen haben? Walter hatte schon lange aufgehört sich zu wundern.

Abgesehen von der Kirche, von wegen Gotik oder Mauren, sondern frühes 20. Jahrhundert, stach noch ein anderes Gebäude ins Auge, durch seine Größe und dem blauen Fleck an der Seite – ein Aparthotel mit Swimmingpool, das kürzlich seinen Betrieb einstellen musste, keine Genehmigung – und so gesellte es sich zu den beiden anderen geschlossenen Hotels, die gebaut wurden und seither auf ihre Verwendung warteten. Sie sind komplett eingerichtet, richtig luxuriös, werden alle paar Jahre renoviert und heraus geputzt und dann wieder geschlossen. Böse Zungen behaupteten, das sei ein Pakt der Politiker mit der Betonbande. Fördergelder verbauen, Provisionen kassieren. Ob das Hotel dann jemals in Betrieb geht, interessiert nicht. Und beim Renovieren konnte man wieder ein wenig kassieren.

Zu den bösen Zungen zählte übrigens die von Peter. Natürlich war auch klar: die Unterhaltung der Gebäude kostet Geld. Und wer will das schon zahlen? Wer führt das Hotel? Gibt es überhaupt Leute, die das können? Diese Fragen sind zu kompliziert, also stellt man sie sich gar nicht. Und den Agulensern scheint es egal zu sein, ob sie ein geschlossenes oder ein geöffnetes Hotel haben. Oder zwei, drei. Touristen, die auf ihrer Rundreise durch die Ortschaft flanierten, mussten den Eindruck gewinnen, dass hier niemand wohnt. Alles tot. *Pueblo fantasma*, eine Geisterstadt.

Statt der Bananenplantagen rundherum, die herzzerreißend in einem Lied besungen werden, steht heute der Fuhrpark der Gemeinde auf den Terrassen. Und die Baufirmen mit den riesigen Lastwagen, Baggern, Tanks. Hat man deshalb in neueren

Reiseführen das Wörtchen „wohl“ vor das „schönste Dorf der Insel“ eingefügt? Walter konnte die Wut verstehen, die Peter auf all diese Machenschaften hatte. Aber wie sollte er jetzt was herausfinden? In Agulo saß nicht nur eine Baufirma, sondern gleich mehrere. Und wer sagte denn, dass es ausgerechnet hier sein sollte – es könnte doch genausogut in jedem anderen Dorf der Insel sein. Wo sollte er anfangen? Und dann gab es ja fast nur noch kleine Fische, kleine Firmen. Viele Bauriesen hatte die Immobilienkrise dahingerafft. Manche firmierten unter einer anderen Bezeichnung. Übrig blieben Rudimente. Ob da überhaupt was zu holen war? Soll er einfach ins erstbeste Büro hineinspazieren und sagen: „Ihr habt Peter auf dem Gewissen, sagt mir, was ihr mit ihm gemacht habt?“ Das konnte ja wohl nicht angehen. Wie alles, hatten auch die Baufirmen eine gute Seite: Sie brachten Arbeitsplätze, Wohlstand, Steuern (hoffentlich) und Fortschritt. Oder das, was manche Menschen unter Fortschritt verstanden. Die Krise hatte diesen Fortschritt allerdings jäh gebremst und den Bauboom gestoppt. Die Geschäfte liefen mehr als stockend.

Walter ging um das Gelände herum. Von der Landstraße, die oberhalb des Dorfes entlanglief, die Treppen hinunter. Der Sichtschutz, ein Plastiknetz, war schon vom Wind zerzaust und so konnte er in den Hof schauen. Aber natürlich lag dort nicht irgendein Indiz herum. Er ging durch das Eingangstor. Sie hatten sogar einen großen Dieseltank für die schweren LKWs und eine eigene *Ferretería,* Eisenwarenhandlung auf Altmodisch, Baumarkt auf Neudeutsch, in der sich jeder sein Heimwerkerzeug kaufen konnte. Sie war öffentlich. Er ging in den Laden. Zu seiner Überraschung verkaufte dort eine Frau das Baumaterial. Was es alles gibt! Er versuchte sie auszufragen, ob sie Peter kenne und wann sie ihn zum letzten Mal gesehen habe, ob sie sich gut mit dem Arbeitgeber verstehe und wie so die Geschäftspartnerschaft sei. Die Frau sah ihn mit großen Augen an, als käme er geradewegs vom Mond. Kein Wort kam von ihren Lippen. Er bekam aus ihr nichts heraus. Kein Wunder. Was hätte sie ihm sagen sollen? „Auch gekauft", dachte sich Walter. So kam er nicht weiter. Wie sollte er Beweise finden? So nicht. Er bräuchte das Notizbuch, von dem ihm Jens erzählt hatte. Wie er Peter kannte, hatte er das natürlich nicht zu Hause herumliegen, sondern einem Anwalt gegeben. Da sollte man ansetzen. Soll er Carmita anrufen und nach dem Anwalt von Peter fragen? Oder sollte er vielleicht die Baufirma anzeigen? Welche? Hat es nicht erst neulich eine Durchsuchung in Vallehermoso gegeben? Man hört doch immer wieder, dass Neider ihre Konkurrenten anzeigen. Zumindest muss dann der andere erstmal beweisen, dass alles in Ordnung ist – und das kann dauern. Die Mühlen der Justiz mahlen bekannterweise sehr langsam. Und bis dorthin ist der Ruf längst ruiniert.

Während er sich verschiedene Szenarien ausmalte, ging er auf der neuen Dorfstraße, die jetzt auch schon wieder alt war und dessen Pflaster aus Natursteinen bereits Löcher aufwies, ins Dorf. An einer Lochbetonmauer vorbei, aus der ein lustiger Strauch herauswuchs. *Tabaco moro* sagten die Einheimischen dazu, eine giftige Pflanze, die am liebsten auf Schutt wächst, von dem reichlich um das Grundstück herum deponiert war, zusammen mit Rohren, Stangen, Kabeln. Gehörte das Gelände zu *Hormiga*? Das Bäumchen blühte gelb und munterte die triste Fassade ein wenig auf. „Man kann doch noch den ödesten Sachen etwas Schönes abgewinnen" meldete ihm sein Gehirn. Sein Magen aber meldete Hunger – und so bog er an dem Bänklein und dem Baum, einem der wenigen nicht abgeholzten, nach rechts ab, um das Restaurant in der Alten Schule aufzusuchen. Dort würde er ein paar *Gambas al Ajillo* zu sich nehmen. Schrimps in Knoblauchöl. Die Zeit passt perfekt. Zwei Uhr nachmittags. Gomerische Essenszeit.

Schöne Aussichten.

Die drei Tische vor dem Lokal waren besetzt. Alles Touristen, kein einziger Gomero saß an den rotbraun gestrichenen Holztischen und Bänken, die das *Ayuntamiento*, die Gemeindeverwaltung, schließlich nach langem Hin und Her genehmigt hatte. Die Gesichter der Gäste zeigten eine entspannte Zufriedenheit. Gomeros ziehen es meist vor, in geschlossenen Räumen zu essen. Das Draußensitzen ist eine Marotte der Ausländer, die im Winter hierher kommen und unbedingt im Freien sitzen wollen, an der frischen Luft. Wenn möglich noch mit Aussicht. Und am besten mit Aussicht aufs Meer. Aussicht aufs Meer gab es in dem kleinen Familienbetrieb nicht, dennoch hatte der Platz einen gewissen Charme – ein wenig Grün lugte über die Mauer zum Sportplatz, schicke Sonnenschirme waren aufgespannt, man saß quasi auf der Kopfsteinpflasterstraße.

Walter musste also ins Lokal gehen, was in diesem Fall nicht unangenehm war, denn im Gegensatz zu manch anderem Restaurant hatte dies hier ein angenehmes Inneres: der Fernseher war aus, es lief leise eine unaufgeregte Musik und der Raum war schön hergerichtet. Es war die ehemalige Schule des Dorfes, musste schon eine Weile her gewesen sein, die Räume waren klein, mit alten Holzbalken, die Wände fröhlich gelb angestrichen, dazwischen lugten die Steine der dicken Mauern heraus. Ein altes Steinhaus, mitten im Dorf, etwas oberhalb der Kirche.

Walter schloss die Schiebetüre hinter sich, die im Winter den kalten Wind und damit den Durchzug im Restaurant abhalten sollte. Die Touristen hatten etwas gegen Zug, der den Gomeros oft nichtmal auffiel. Sie sagten dann allerdings: *„hace frío!“* , kalt ist’s – und rieben sich die Hände.

Die zweite Überraschung heute: Am Tisch vor dem Durchgang zur Küche saß Carola. Sie überlegte gerade, wie es möglich war, dass aus diesen alten Holzbalken keine Kügelchen rieselten wie in ihrer Hütte, träufelte *Mojo* auf ihr Brot und nippte an ihrem Weinglas, als Walter hereinkam. „Oh, hallo Walter, was für eine Freude, du hier im hohen Norden, was treibt dich hierher? Die Neugierde?“ Walter berichtete von seiner Aufgabe, den Baufirmen auf den Grund zu gehen und dass er nicht genau wisse, wo er anfangen solle. Er disponierte um und bestellte *Chocos a la Plancha* und griff nach Carolas Brot: „Darf ich?“

Das kleine Schild *„baños“*, „Toiletten“, war sehr diskret über der Tür rechts im Lokal angebracht. Deshalb liefen viele Touristen auf dem Weg zum Klo geradewegs in die Küche, sie nahmen den direkten Weg und die nächstgelegene offene Tür. Dann bekamen sie ein strenges „No“ vom Wirt zu hören. Meist merkten sie ihren Irrtum sehr schnell, wenn sie seine Frau, mit Häubchen, hinten in der Küche werken sahen. Gerade hatte sich wieder ein junger Mann verlaufen, der prompt zurechtgewiesen wurde. Carola musste lachen, wurde aber gleich wieder ernst, als sie sich Walter zuwandte.

„Was hältst du von einer Anzeige?“ kam der Satz aus Walters Mund, während er noch mehr *Mojo* auf seinen Tintenfisch goss. „Wen anzeigen?“ – „Na, die Betonbande.“ – „Welche? Hast du was in der Hand?“ Walter druckste rum. Eben nicht. Aber es bleibt doch immer ein übler Nachgeschmack, wenn jemand angezeigt wird und außerdem müssen sie dann reagieren. Carola war nicht überzeugt, dass das ein guter Plan sei, aber was wusste sie schon. Ihrer Meinung nach war das alles übertrieben. Walter war schon ewig hier und kannte sich mit den Machenschaften auf der Insel besser aus. „Zumindest müssen sie sich dann verteidigen!" „Aber was hat das mit Peter zu tun?, wir wollen doch Peter finden!"

Sie kauten alle Argumente gründlich durch wie ihr Essen. Walter war überzeugt, dass der Schlüssel zu Peters Verschwinden ganz in der Nähe auf dem Firmengelände lag. „*Chupito*?", meinte der Wirt zum Abschluss, einen kleinen Schnaps, Likör oder sonst irgendwas. Nein, nein. Carola hatte schon genug mit dem Wein und außerdem zu viel gegessen. Verhungern kann man auf der Insel wirklich nicht. „Was hältst du von einer kleinen Verdauungsrunde?" – „Okay, ich habe mein Auto sowieso oben auf der Straße geparkt, da können wir ein wenig spazieren gehen." Carola schlug vor, hinter dem Friedhof die neue Straße, die aber immer gesperrt ist, hochzulaufen, da kommt man ins Schwitzen, dann durch den Tunnel zurück, da ist Walter auch gleich bei seinem Wagen. Walter sah nicht so aus, als würde er viel zu Fuß gehen. Er wirkte behäbig und hätte vermutlich lieber ein kleines Nickerchen gehalten. „Okay" sagte er schließlich.

Sie erreichten den Friedhof, idyllisch über dem Wasser gelegen, eingesäumt von Lavendel, alles picobello sauber, gepflegt. „Der ist ordentlich ausgebaut worden, in den letzten Jahren," bemerkte Carola, „so als würde die Zukunft des Dorfes im Sterben liegen." Stimmt, Agulo war die Gemeinde mit dem höchsten Altersdurchschnitt auf La Gomera. Da ist das Reiseziel Friedhof naheliegend. Allerdings ist Agulo auch die Gemeinde mit den wenigsten Einwohnern auf den Kanaren. Eine Invasion der Toten ist also nicht zu erwarten. „Noch ein Beweis für den Bauwahn", brummte Walter, „um Sinn geht es nicht". Er schnaufte ordentlich, als es bergauf ging, die Schweißperlen standen auf seiner Stirn. Er sagte nichts.

Da, kurz nach dem Tunnel, wo man den Blick auf das ganze Dorf hat und im Hintergrund Teneriffa aus dem Meer aufsteigt, stand sein Auto. „Hast du ein Fernglas? Da könnte man mal schauen, was genau sich auf den Terrassen unter uns abspielt, vielleicht halten sie ja Peter dort versteckt", schlug Carola vor. Walter machte den Kofferraum auf und holte tatsächlich ein Fernglas heraus. „Das habe ich immer mit, vor allem, um die Vögel zu beobachten." Birdwatcher. Ojeh. Hoffentlich kein Fanatiker. Carola hatte bei einer Reise nach Costa Rica einige Birdwatcher kennen gelernt. Amerikaner. Sie saßen im Schiffsinneren und sahen alles nur durch die Gläser ihres Fernglases, während der Rest der Reisenden oben auf dem Deck in die Weite sah, bestand für sie die Welt aus zwei kleinen Kugeln. Zeigte sich ein (bestimmter) Vogel, gerieten sie in Aufregung und mussten etwas notieren. Carola hatte den Eindruck, die Birdwatcher hatten irgendwie den Überblick über Zusammenhänge verloren. Nein, so war Walter nicht. Ganz im Gegenteil.

Carola warf einen neugierigen Blick in den Kofferraum, was er wohl sonst noch so spazieren fährt, als sie zurückzuckt: „Walter, was ist denn das?" Nicht schon wieder! Es wird langsam langweilig: ein Finger. Diesmal wurde er präsentiert mit *tabaco moro*. Die Pflanze hatte Walter doch gerade erst irgendwo gesehen. Wo war das gleich? Ach ja... Walter schwor sich, seinen Kofferraum ab sofort immer abzuschließen, verabschiedete sich von Carola und brauste in die Hauptstadt zurück. Das Ziel war klar: die Guardia Civil.

Überraschung

Carola machte sich gar nicht erst die Mühe, Jens ihren Besuch per Telefon anzukündigen. Sie wusste, dass er nicht drangehen würde. Ihr war klar, dass er entweder halb besinnungslos in seinem Bett liegen würde oder, fast noch wahrscheinlicher, vor dem Flimmerkasten auf dem Sofa eingenickt sein würde.

Die Tür vom Haus war offen, immer, und sie ging geradewegs ins Wohnzimmer. Aber kein Jens saß auf dem Sofa. Jens lag auch nicht in seinem Bett. Noch ein verschwundener Reiseleiter? Das kann nicht wahr sein! Doch bevor Carola in Panik verfallen konnte, ging die Tür auf, ein reichlich verdutzter Jens kam zur Tür herein, die frische Stange Weißbrot, *pan gallego*, ragte aus seiner Einkaufstüte. „Du hier?“, hörte er sich völlig blödsinnig sagen und wusste nicht, ob er nun verwundert, verärgert oder erfreut sein sollte, oder am besten gleich alles zusammen.

„Freust du dich?“, nahm ihm Carola die Entscheidung ab. „Ist das dein Frühstück?“ Es war gegen Mittag. „Nein, ich dachte, ich koche mir mal was. Willst du auch was? Wir können ja gemeinsam essen.“ – „Schon wieder essen, haben die denn hier auf dieser Insel nichts anderes zu tun als essen?“ Carola fürchtete langsam um ihre Figur, die sich noch halbwegs im Zaum hielt.

Trotzdem ging sie mit in die Küche. Als Köchin war Carola ziemlich ungeeignet, zum Petersilie hacken reichte es gerade noch. Dafür entpuppte sich Jens als geschickter Koch, er nahm den Fisch gekonnt aus, schuppte und schrubbte, würzte und wirbelte, plauderte und briet. Der Mann ist ja ein heimliches Multitalent. Damit hatte Carola nicht gerechnet. Sie entdeckte immer mehr liebenswerte Seiten an Jens. In ihren Augen veränderte sich sein Äußeres. Das Bild von dem kleinen, hässlichen Mann mit dem Ansatz zur Glatze und dem dünnen Pferdeschwänzchen verblasste. Es wurde übertüncht, der innere Kern begann nach außen abzustrahlen. Jens wurde immer schöner. Für Carola.

Sie saßen und aßen, bei der Nachspeise, dem Käse, brachte Carola ihre Ideen vor. „Jens, ich glaube, dass uns irgendwer einen Hinweis geben will. Auf Peter. Oder auf den Täter. Oder die Täterin. Und zwar mit den Pflanzen. Es hat doch einen Grund, dass die Finger nie nackt, so als Finger eben, gefunden wurden, sondern immer in Verbindung mit einer Pflanze. Gestern, bei dem Finger, den Walter, der Arme, im Kofferraum hatte, war es ganz offensichtlich. Es war der Zeigefinger der rechten Hand. Also ein klarer Fingerzeig! Das ist doch logisch. Da kannst du mir doch nicht sagen, dass das nichts zu bedeuten hat. Wir sollten alles noch einmal durchgehen. Du kennst die Hintergründe besser als ich. Ich habe ja keine Ahnung. Und du bist schließlich der Experte. Für tote Finger. Und für Pflanzen."

Jens schaute sie vorwurfsvoll an: „Du bist doch nicht hierher gekommen, um mir das Essen zu verderben?" „Schau, Jens, dein Finger, ähm, ich meine, der, der in deinen Sachen war, klebte doch auch an *amor seco*, nicht wahr? Vertrocknete Liebe. Das ist doch schon eine halbe Geschichte."

Fakt war, bislang waren fünf Finger aufgetaucht. Von Peter. Der wie vom Erdboden verschluckt blieb. Die Polizei tappt im Dunkeln, wie es so schön heißt. Und auch die *Guías* hatten bei ihren Recherchen nicht viel Neues zu Tage gebracht. In der

Küche von *La Vista* hatte keiner was gesehen, bei *Hormiga* hatte natürlich niemand eine Ahnung, Carmita war nicht von ihrer Version abzubringen, Peter sei in Deutschland.

„Das kann doch nur die Guardia Civil überprüfen!" Jens mühte sich, Carola von einer Karriere als Detektivin abzubringen. „Die haben doch die Möglichkeiten, Daten und Telefongespräche zu überwachen. Warten wir's ab, die werden schon was rauskriegen."

Jens hatte keine Chance gegen Carola. Es war absurd. Und trotzdem ließ er sich darauf ein, mit Carola eine Fingerliste anzufertigen. Sie las laut vor:

Finger 1, linker Zeigefinger, gefunden von Jens. Verbunden mit *Amor Seco*, vertrockneter Liebe. Auf dem Weg nach *El Cedro*.

Finger 2, linker Mittelfinger, gefunden von Walter. In *Aceviño*, der Stechpalme, verpackt. Gebracht von Peters Hund in *Los Aceviños*.

Finger 3, linker kleiner Finger, gefunden von der Wandergruppe Norbertos, in einer *Potaje de Berros*, im Lokal *La Vista/ El Cedro*.

Finger 4, rechter Mittelfinger, gefunden von Jens. Diesmal in *Espuma de mal* eingewickelt, böser Schaum. Der Albtraum in *Epina*.

Finger 5, rechter Zeigefinger, gefunden von Walter. Zugabe *Tabaco Moro*, schwarzer Tabak in *Agulo*.

„Zwei Finger für dich, zwei für Walter. Und derjenige, der die Finger verteilt, muss ganz genau wissen, wann ihr wo seid. Es ist doch kein Zufall, dass ausgerechnet der Zeigefinger mit der Pflanze, die aus dem Hof von *Hormiga* herausragt, im Kofferraum von Walter liegt, als er sich dort umsehen will.

Gefunden wurden sie alle im Norden und mehr oder weniger von Sabines Reiseleitern. Sie wurden gezielt platziert. Das sind Fingerzeige, im wahrsten Sinne des Wortes." Carola war überzeugt, dass diese Finger eine Spur legen sollten. Und dass es wie ein Hilferuf an die Reiseleiter war, dieser Spur zu folgen. Wo immer sie hinführte und was immer damit gemeint war.

Jens neigte nur seinen Kopf mitleidig zur Seite. Das arme Kind. Glaubt, es sei Sherlock Holmes. Oder eher: reimt sich wirres Zeug zusammen. Zuviel Phantasie, das Mädel. Seine Antwort: „Vielleicht. Ich finde, du solltest dich besser auf die nächste Tour konzentrieren und die Ermittlungen der Guardia Civil überlassen."

„Gute Idee", sagte Carola eingeschnappt, „ich werde zur Guardia Civil gehen und ihnen meine Erkenntnisse mitteilen. Ich bin überzeugt, dass die Pflanzen etwas zu sagen haben." – „Ja, es heißt ja auch, lasst Blumen sprechen". Jens war gemein. Es langt. Sie sprang auf. Jens legte nach. „Vielleicht können wir ja in Zukunft Touren anbieten wie: „Zehn kleine Fingerlein ..." oder „Wer will hier wen pflanzen?" oder „Wer findet die Finger vom Fremdenführer?" Das hat nicht jede Insel zu bieten. Wäre doch mal was anderes. Du solltest den Vorschlag dem Cabildo unterbreiten ... Und ...

Einen schönen Gruß an die Guardia Civil! Wir sehen uns morgen früh um halb Acht. Ich werde da sein." Rumms.

Das war die Eingangstür. Jetzt Ausgangstür.

Warum muss er sich eigentlich immer ausgerechnet mit den Menschen anlegen, die er gerne hat? Hat sie tatsächlich vor, die Geschichte heute noch dem Teniente Padilla zu erzählen? Der wird Augen machen!

Wer Sorgen hat, hat auch Likör ...

„Jetzt nur nicht aufregen", wiederholte Carola immer wieder, laut und leise, als sie auf dem Rückweg von San Sebastian nach Hause fuhr. Alle sind gegen sie. Jens versteht sie nicht und dass der Teniente Padilla nicht auf ihrer Wellenlänge lag, hätte sie sich denken können. Wie der sie abgewimmelt hat! Was sie sich einbilde, was sie überhaupt damit zu tun hätte, wie sie auf diese blödsinnige Idee mit den Pflanzen käme und warum sie sich in die Ermittlungen einmischen wolle. Am liebsten hätte er sie verhaftet, wenn das möglich gewesen wäre. Na gut, wenn alle alles besser wissen, während Peter in kleine Stücke zerhackt wurde – irgendwo – sie hat es zumindest versucht. Gut, dass der Mensch nur zehn Finger hat. Aber, gar nicht auszudenken, was passiert, wenn alle zehn Finger ...

Zuhause angekommen, bot ihr der Anblick ihrer finsteren Höhle auch keinen Trost. Sie musste sich jetzt was überlegen, um sich abzuregen. Schließlich hieß es morgen um 6 aufstehen, um für die Touren fit zu sein. Das ist das, was sie jetzt noch brauchen konnte, eine schlaflose Nacht! War das sowieso schon ein Kunststück, auf dieser Matratze zu schlafen. Überall knackt es, sie kann immer noch nicht alle Geräusche richtig zuordnen. War das der Gecko oder die Katzen – oder sind gar Mäuse in ihrer Bude? Eklig, die Cucarachas und die Spinnen. Es war einfach zu warm, auch jetzt noch, im Dezember, über 20 Grad. Auf der einen Seite Gott sei Dank. Auf der anderen Seite Scheißviecher. Naja, man konnte eben nicht alles haben. Sie versuchte es mit einer Konversation mit Egon, ihrem Holzwurm. Aber auch das konnte sie nicht trösten. Reichlich einseitig, das Gespräch und sehr eintönig: „Grrragh, grrrrggh."

… „Wer Sorgen hat, hat auch Likör“, fiel ihr Wilhelm Busch ein. Likör, nein danke, aber ein Glas Rotwein wäre jetzt nicht schlecht. Sie öffnete die besonders gute Flasche Roten, die *Crianza*, die sie eigentlich reserviert hatte für besondere Anlässe. Wobei sie auch nicht genau hätte sagen können, was ein besonderer Anlass gewesen wäre. Gewinn im Lotto? Besuch eines Liebhabers? Bei beiden Anlässen lag die Wahrscheinlichkeit um eins zu irgendwas Millionen. Ein blöder Spruch! Also besser, die Flasche gleich öffnen und genießen, solange man noch kann. Selbst der Rotwein hatte aber an diesem Abend seine beruhigende Kraft verloren. Die Unruhe blieb, sie musste nochmal raus.

In der Kneipe herrschte große Hektik. Was ist denn das für ein Tag heute, überall ist helle Aufregung. Sie fragte, was passiert sei und die Geschichten prasselten nur so auf sie ein.

Die Putzfrau von Jesús, einem pensionierten Lehrer des Dorfes, Mitglied einer reichen Großgrundbesitzerfamilie, der zeitweise in Santa Cruz/Teneriffa lebte, aber häufig auch in „sein Dorf“ kam, um nach dem Rechten zu sehen, nach seinen Latifundien, Äckern und Häusern, also, die Putzfrau von Jesús wollte den Briefkasten leeren, als sie einen widerlichen Geruch wahrnahm. Sie öffnete vorsichtig die Klappe, als ihr die Maden bereits entgegen krochen. Sie stieß einen heftigen Schrei des Entsetzens aus, der das halbe Dorf zusammenlaufen ließ und noch Stunden danach in kleinen Gruppen heftig diskutiert und vor allem spekuliert wurde.

Carola ahnte schon, wie die Geschichte weitergehen würde. Wenn sie jetzt im vierten Stock gewesen wäre, hätte sie sich geradewegs aus dem Fenster gestürzt mit zugehaltenen Ohren – aber so, ebenerdig, machte das wenig Sinn. Also ließ sie die komplette Erzählung über sich ergehen. Mehrmals. Denn schließlich wollte jeder seine eigene Version zum Besten geben und das einbringen, was er wusste, oder besser: ahnte. Und es standen mindestens fünf Männer an der Theke, die wild gestikulierten.

Eine Schande, diesen Wein auf ihre gute Crianza zu trinken, flog ein Gedanke vorbei, beim zweiten, dritten Glas. Langsam stellte sich eine Art Gleichgültigkeit ein. Das ist genau der Zustand, den sie erreichen wollte. Seltsam, dass sie gerade jetzt abschalten konnte, wo es am wildesten zuging, mitten unter den Leuten in der Kneipe. Sie hörte immer nur Jesús, Jesús, wohlgemerkt, mit langem U. Dass hier viele Männer Jesus heißen, wunderte sie schon lange nicht mehr, um genau zu sein, seit der Zeit, als eine Freundin von ihr einmal eine Liaison mit einem Jesús hatte. Sie musste sich immer vorstellen, wie ihre Freundin den Namen rief: Jesús. Unmöglich. Sie zuckte zusammen, wenn sie "Jesus" hörte. Sie würde unter allen Umständen vermeiden, den Namen auszusprechen. Gottseidank kam sie nicht in die Verlegenheit.

Komisch. Ihr Kopf dachte jetzt automatisch, aber ohne dass sie davon wirklich Notiz nehmen musste. Die Gedanken wanden sich um Stichwörter, die in ihr Bewusstsein eindrangen und die irgendwo wieder einen Ausgang fanden. Wie angenehm.

Sie warf einen leicht abwesenden Blick zur Theke. Bislang hatte die Kunde vom verschwundenen Reiseleiter niemanden so richtig tangiert, waren schließlich nur Ausländer betroffen. Jetzt, wo ein Finger im Briefkasten eines der angesehensten Honoratioren des Ortes aufgetaucht war, schien die Sache Brisanz zu bekommen. Sie konnte es sich gut vorstellen, wie der Dorfpolizist mit gehobenem Haupt seines Amtes waltete, hatte er doch normalerweise wenig Gelegenheit dazu, in der Dreiseelengemeinde, wo absolut nichts passierte. So nach und nach rückten die Jungs mit weiteren Neuigkeiten raus, die am Ohr von Carola vorbeizogen: Es hat eine Untersuchung bei der Baufirma gegeben. Die Guardia Civil sei ins Büro gestürmt und habe alle Computer mitgenommen. Verdacht auf Korruption. Wo? Und bei wem genau? Carola verstand nur Bahnhof. Es ging alles durcheinander. Und die Frau von dem Reiseleiter, Carmita, sei neulich mit Jesús gesehen worden. In Teneriffa. Außerdem wohnte hinter Vallehermoso ein Ausländer, der etwas mit Eseln zu tun habe. Kein Wunder also ...

Carola schwirrte der Kopf jetzt erst recht, als sie nach Hause kam. Wecker auf 6 stellen, wusste sie gerade noch, dann fiel sie auf ihr Bett und hoffte, dass die Albträume dieses Tages wenigstens in der Nacht verschwanden. Und tatsächlich: als sie am Morgen, pünktlich um 6, aufstand, war sie gut drauf und hatte nicht einmal Kopfschmerzen. Das wird ein guter Tag.

Auf Tour.

Es war dunkel, als sie aus dem Haus ging. Es wird dämmern, wenn sie auf der Zielgeraden vor San Sebastian ankommen wird. Das Schiff läuft dann gerade in den Hafen ein. Carola war erstaunlich gelassen, obwohl es erst ihre dritte Tour war und die Routen für sie neu waren. Sie hatte zwei Touren für heute zugesagt, vier Stunden am Vormittag, und nochmal vier Stunden nachmittags, nachdem sie sich vor 14 Tagen nur eine Halbtagestour zugetraut hatte.

Sie will heute nichts hören von Fingern, Toten, Intrigen oder der Guardia Civil. Sie will einfach in fröhliche, erstaunte und beeindruckte Gesichter blicken. Am Vormittag stand die Panoramafahrt, am Nachmittag der Nationalpark auf dem Programm. Sie hatte auf ihre Karteikärtchen selbst die Witze und Anekdoten notiert, die sie erzählen wollte. Denn ein kleiner Scherz, dafür waren die Menschen dankbarer als für tausend korrekte Geschichtsdaten. Deshalb warf sie vorher immer einen Blick auf ihre Notizen.

Besonders gut kam die Geschichte mit dem Rüsselkäferforscher an, mit dem sie und eine kleine Gruppe einmal eine kuriose Wanderung unternommen hatten. Eine Wanderung im Dienste der Forschung, sozusagen. Sie brauchten für den Weg von Agulo nach Juego de Bolas, der normalerweise in eineinhalb Stunden gemütlich zu schaffen ist, ganze vier Stunden. Sie mussten nämlich unterwegs jeden Busch und jedes Pflänzchen auf Rüsselkäfer abklopfen. Carola schilderte, wie sie, ausgerüstet mit Netz, Klopfer und Lupe, die Biester gesucht hätten – sie seien nämlich winzig, 1–3 mm klein und stellten sich außerdem tot, wenn sie auf dem Netz des Forschers landeten. „Und dann müssen Sie noch den Rüssel finden!" Die Lacher waren ihr sicher.

Was Carola nicht erzählte, war, dass sie sich mehr für den dicken, schwarzen Käfer interessierte, den der Biologie-Professor triumphierend in der Hand hielt: „Die spanische Fliege, *Lytta vesicatoria*. Wer kennt sie und was macht man damit?" Nie gehört. Der Forscher erklärte, dass damit früher die spanischen Frauen ihre Männer um die Ecke brachten. Und zwar so, dass es niemand nachweisen konnte. Der perfekte Mord. Das starke Reizgift des Käfers könne nämlich zu einem tödlichen Nierenversagen führen. Das hatte Carola noch nie gehört. Die Wirkstoffe des Käfers würden auch als Potenzmittel angeboten. „Immer streng auf die Dosis achten", witzelte der Prof, „sonst kann das ins Auge gehen!"

„Für den Menschen sind etwa 0,03 g des Giftes tödlich" stand da in Wikipedia. Carola hatte natürlich gleich nachgeschaut. „Eine Potenzsteigerung wird dem Mittel durch eine massive Reizung der Harnwege nachgesagt, welche zu einer starken Erektion bis hin zu einer schmerzhaften Dauererektion führen kann." Klingt nicht gut. Und weiter: „Bei Überdosierungen kann das Zentralnervensystem angegriffen werden. In Extremfällen kommt es innerhalb von zwölf Stunden zum Tod durch Lebervergiftung, Kreislaufkollaps und Nierenversagen. Daher wurde die Spanische Fliege in der Vergangenheit auch als Tötungsgift bei Hinrichtungen und für heimliche Mordanschläge verwendet."

Warum in der Vergangenheit? Aber das war nicht die einzige Frage, die sich Carola stellte. Die entscheidendere war: Warum sah der Käfer im Computer anders aus als der, den der Rüsselkäferforscher in der Hand hielt? Der auf Wikipedia schimmerte metallisch grün.

Sie parkte ein, direkt an der Hafenstraße, am Yachthafen, war noch ein Parkplatz frei. Sie ging den Weg an der Mole entlang, wo die Busse schon bereit standen. Jetzt kannte sie die Szenen. Sie grüßte freundlich, die Busfahrer standen da und rauchten eine, scherzten und lachten laut, Sabine und ihre Kollegin der Kreuzfahrtorganisation machten konzentrierte Gesichter und hielten Unterlagen und Telefone in der Hand. Obwohl es erst ihre dritte Tour war, nahm Carola wie ein Routinier die Unterlagen mit den Routen entgegen, stellte ihre Sachen vorne in den Bus, besprach sich kurz mit dem Busfahrer, testete das Mikrofon und witzelte mit den Kollegen.

Jens war auch schon da und rang sich sogar ein Lächeln ab – um diese Uhrzeit! – und erkundigte sich nach Carolas Besuch bei der Guardia Civil. Nur nicht dran erinnern ... Sie meinte nur: „Gehen wir noch auf einen Kaffee, wenn wir fertig sind? Wie viele Touren hast du, zwei?“ – „Ja.“ –„ Ich auch. Prima. Dann setzen wir uns vorne an den Hafen, so gegen sechs, wenn wir zurück sind.“ – „Okay.“

Es blieb nicht viel Zeit für Small-Talk an diesem Morgen, alles war straff durchorganisiert, wenn die Gäste vom Schiff kamen, musste alles wie am Schnürchen gehen. Karten abreißen, zählen, lächeln, begrüßen, Platz finden, abfahren. Zeit war kostbar. Das Verschwinden Peters war für einen Moment vergessen. Oder zumindest versuchten alle, sich nichts anmerken zu lassen. Reiseleiter mussten von Haus aus gute Laune haben.

Carola stieg ein, vierzig Leute im Bus, Abfahrt, alles okay, los geht's. „Einen wunderschönen guten Morgen, meine Damen und Herren, mein Name ist Carola, willkommen an Bord, ich begrüße Sie ganz herzlich zu unserer Panoramafahrt auf der zauberhaften Insel La Gomera". „Zauberhaft" gehörte normalerweise nicht zu ihrem Wortschatz. Aber jetzt benutzte sie Worte mit einer Selbstverständlichkeit, die ihr normalerweise nicht im Traum einfallen würden. Sie hatte Glück: der Busfahrer beherrschte *Silbo*. Sein Begrüßungspfeifen brach sofort das Eis und zeichnete ein Lächeln auf die Gesichter der Businsassen. Sie wusste gar nicht, wo sie zuerst anfangen sollte: sich und den Fahrer vorstellen, Silbo, die einzigartige Pfeifsprache der Gomeros, erklären oder doch lieber ein paar Fakten zum *Torre del Conde*, der jetzt rechts am Fenster vorbeiflog, fallen lassen. Sie entschloss sich, den Torre zu erklären, wie üblich: „eines der wenigen Gebäude, die – zumindest teilweise – noch aus dem 15. Jahrhundert, aus dem Jahrhundert der spanischen Conquista, geblieben waren."

Wenn der Bus erst einmal nach links abbog, auf die Südstrecke, war noch genügend Zeit, über Silbo zu reden. Noch ein kurzer Scherz über Kreisverkehre, die jetzt in Mode waren: „La Gomera hat keine einzige Ampel – ein Kreisverkehr ist da viel besser: Er braucht keinen Strom, ist wartungsfrei und man kann so lange im Kreis fahren, bis man alle Schilder gelesen hat und weiß, wo man abbiegen muss".

Sie nahmen im Rondell die Ausfahrt gen Süden und fuhren, an der kleinen Raffinerie vorbei, langsam bergauf. Vor ihnen türmten sich die Bergmassive auf, und mit jeder Kurve wurde verständlicher, warum gerade in La Gomera diese originelle Pfeifsprache entstand: die geografischen Gegebenheiten erschwerten ein rasches Weiterkommen. Der Schall ist schneller als jeder Hirte, der mit seinem Stab die Felsen hinuntersprang (und dann wieder hinauf musste!). Und der Empfang sicherer als mit jedem Mobiltelefon. Die Nachrichten konnten so von Barranco zu Barranco, von Berg zu Berg, Berg zu Tal, von Süd nach Nord und West nach Ost weitergetragen werden – innerhalb kürzester Zeit. Der Diktator Franco hatte Silbo verboten, weil seine Schergen kein Wort verstanden (es braucht viel Übung, um Silbo zu pfeifen, noch viel mehr Übung, um Silbo zu verstehen!) und von den Widerständlern damit oft an der Nase herumgeführt wurden. Angeblich beherrschten in den 80er Jahren nur noch drei Personen Silbo. Zu der Zeit hatte Carola eine Vorführung von Silbo gesehen. In einem der Ausflugslokale für Touristen. Ein Kellner hatte sie eingeladen. Damals ging das noch. Damals, tja, damals, Carola seufzte unhörbar, damals war noch nicht alles so reglementiert und streng wie heute, da war die Insel wild und abenteuerlich. Das konnte sie natürlich nicht laut sagen, sie merkte, dass ihre Gedanken sie fort trugen und rief sich wieder zur Ordnung: „Seit 2009 ist Silbo geschützt – als Weltkulturerbe der UNESCO und es wird wieder in den Schulen unterrichtet, deshalb können viele junge Menschen heute Silbo pfeifen. Die Pfeifsprache besteht aus über 4.000 einzelnen Silben, sie funktioniert deshalb quasi in allen Sprachen.“

Der Bus schlängelte sich am Barranco von San Sebastian in die Höhe, Richtung Nationalpark. Manche Sätze waren bereits Standard: „Wie alle kanarischen Inseln ist auch La Gomera eine Vulkaninsel, aber als einzige der Inseln gibt es hier seit fast drei Millionen Jahren keine vulkanische Aktivität mehr. Sie müssen also keine Angst haben, dass ein Vulkan ausbricht. Allerdings können Sie bei El Hierro bald eine neue Insel besuchen, ihr fehlen nur noch wenige Meter bis zum Meeresspiegel, dauert aber vielleicht noch ein paar Millionen Jahre…" Haha, so ein müder Scherz! Sie erwähnte nur kurz die neuesten Bewegungen um El Hierro, die Seebeben, den wachsenden Vulkan – sie hatte den Eindruck, Unverständnis auf den Gesichtern der Businsassen zu erkennen. So richtig in Form ist sie heute wohl nicht. Kein Wunder, nach dem Alkoholkonsum gestern und der kurzen Nacht. Alles hinterlässt seine Spuren.

Das Glück blieb an ihrer Seite, diesmal in Form der *Roques*. Die alten Vulkanschlote, über 1.000 Meter hoch, zeigten sich frei von Wolken, die Gäste beeindruckt von der Wucht der Felsen und der umwerfenden Aussicht in die weiten Barrancos. Benchijigua und Las Lajas, Los Chejelipes. Was für Namen! Die Gruppe schwärmte aus, zückte Digitalkameras und Smartphones, schüttelte Köpfe und stellte Fragen wie „Was hat Sie eigentlich auf die Insel verschlagen?".

Carola wies auf das Denkmal für die Brandopfer 1984 hin. Genau hier hatte das Feuer 2012 wieder gewütet. Zuerst. Diesmal wenigstens ohne Menschenopfer. Die Spuren waren noch deutlich zu sehen, auch wenn aus den schwarzen Kiefern grüne Triebe herausbrachen, als wollten sie die Brutalität der Natur ein wenig besänftigten. Sarkastische Reiseleiter nannten die Route „Schwarzwaldtour". Das werden sie später noch deutlicher erkennen können.

Es blieb kaum Zeit, die Olsen-Geschichte zu erzählen, die Geschichte von dem norwegischen Reeder und Pionier auf der Insel, Thomas Olsen, der Anfang des 20. Jahrhunderts den halben Süden um *Santiago* mitsamt den Wasserrechten aufkaufte. Sie verwies auf einen Spiegel-Artikel, den man online anschauen könne – die Olsen-Bande – weil sie wusste, dass viele vorher und nachher im Internet recherchierten und schon eine Menge Wissen mitbrachten.

Einen Scherz, den man sicher nicht im Internet nachlesen konnte, war die Geschichte mit der Kanzlerin. Eine Freundin hatte das angeblich selbst erlebt. Im Hotel Tecina, dem Olsen-Hotel mit dem Golfplatz in Santiago, macht bekanntlich die deutsche Bundeskanzlerin, Angela Merkel, ab und zu Urlaub. Und da steuerte ein Gast auf sie zu, vermutlich in Bermudas, fröhlich – und sprach sie an: „Du, ich muss dir was sagen ... du siehst aus wie die ... Merkel!“ Die stoische Antwort der Politikerin: „Ich bin die Merkel!“ Nur echte Miesepeter konnten da nicht lachen. Die Anekdote zeigt zumindest den offenen und lässigen Umgangston auf der Insel. Und dass sich jeder duzt.

Jetzt aber aufgehört mit Scherzen. Sie musste endlich etwas über Gomeras größten Schatz erzählen, den Nationalpark mit dem einzigartigen Lorbeerwald, einem Relikt aus dem Tertiär, ein Urwald in doppeltem Sinne. Dass er erstens sich selbst überlassen wird, also der Mensch nicht eingreift und ihn so ursprünglich lässt wie er wächst (naja, fast) und dass er zweitens aus Urzeiten stammt, weil die Eiszeit an der Insel vorbeiging (wie so vieles). Früher war der gesamte Mittelmeerraum in dieser Weise bewaldet, bis die Bäume für Schiffe und wer-weiß-was-noch abgeholzt wurden. Sie nannte noch die wichtigsten Feinde des Waldes, unter anderem die Köhlerei – und da mussten sie auch schon wieder hinaus aus dem Weltkulturerbe. Oder doch Weltnaturerbe?

Die Zeit und die Landschaft sausten vorbei, sie bogen in die Seitenstraße ab, die über *Chipude* nach *El Cercado* führt. An den Südhängen hatte das Feuer am heftigsten gewütet. Betretene Gesichter im Bus. Sie wartete auf den Satz, der spätestens beim Stopp in *El Cercado* kam: „Und wovon leben die Leute hier eigentlich?“ Deshalb erzählte Carola schon vor der Pause, in denen sie die Töpfereien besichtigen würden, ein wenig über das Leben der Leute hier oben. Sie wusste, je besser die Gäste informiert waren, umso zufriedener stiegen sie nach dem Aufenthalt wieder in den Bus. Und auch die Einheimischen hatten mehr davon, wenn die Besucher vorbereitet waren und sich für die Keramiksachen interessierten.

Die Krüge, Schalen und Behälter aus Ton entstanden noch in der sogenannten „Wulsttechnik“ – nach alter Tradition, ohne Töpferscheibe. Wobei sich auch hier die Gelehrten streiten, ob die alte Tradition noch von den Ureinwohnern der Kanaren stammte oder ob nicht doch ein paar Südspanier das Handwerk beeinflusst hatten. Rufina und Maria hießen die Keramikerinnen, die manchmal ihre Kunst vorführten – meist aber in den kleinen Lädchen standen und darauf hofften, dass die Besucher etwas kauften. Wenigstens ein kleines Pfeifchen.

Das Interesse der Touristen konzentrierte sich meist auf ein ganz anderes Thema. „Wo ist hier die nächste Toilette?“ Ein Kollege von Carola formulierte das dann so: „In Gomera gibt es keine giftigen Schlangen. Die einzige unangenehme Schlange ist die Warteschlange vor den Toiletten.“ Deshalb sagte sie rechtzeitig, wo die Toiletten zu finden seien und was sie erwartete.

Sie hatten eine halbe Stunde Aufenthalt, gingen langsam die 150 Meter bis zur Bar Maria, schauten in die Geschäfte, tranken vielleicht einen Kaffee und warteten, bis die Toilette frei wurde. Carola ging direkt zur Bar. Ihr war es fast peinlich, dass sie als Reiseleiterin den Kaffee gratis bekam. In dieser gottverlassenen Gegend war ein Überleben kein Honigschlecken. Heiß im Sommer, kalt im Winter, windig. Die Felder ausgetrocknet.

Bei einem *Café con leche* beantwortete sie die FAQs, die frequently asked questions derjenigen, die sich bis an die Theke vorgewagt hatten. Fragen wie: „Gibt es hier einen Arzt?" und „Wie kommen die Kinder zur Schule?". Sie redete nicht davon, wie ungemütlich es hier sein konnte, sondern freute sich mit den anderen über die wärmende Sonne.

Heute war ein strahlender Tag und gute Sicht, das heiterte die Gemüter auf. Vor dem Einsteigen warfen sie noch einen Blick in den nächsten riesigen Barranco, der sich vor der Bar öffnete. Ein Schild klärte auf, wohin der beginnende Wanderweg führte: ins Valle Gran Rey. Das „Tal des Großen Königs" war wohl am bekanntesten bei den Urlaubern. Dort gab es die meisten Strände und folglich die meisten Touristen, mit der entsprechenden Infrastruktur.

So weit werden sie heute nicht kommen, sie haben ja nur vier Stunden, insgesamt. In Arure, dem ehemaligen Sitz des Königs in „Orone", wie das altkanarische Königreich dort hieß, werden sie noch *Mistela*, eine Art kalten Glühwein und *Gomerón*, eine Mischung aus dem Saft der Palme, *Guarapo*, und *Parra*, Tresterschnaps, besser bekannt als Grappa, probieren – bei einer Vorführung von *Silbo*.

Das Feuer, das im August ins „Valle“ zischte, brauchte nur ein paar Minuten, um vom Berg zu steigen und wie eine Walze alles plattzumachen, was leicht brennbar war. Vor allem die *Cañas* im Barranco, Bambus, der wie Schilf aussieht, brannte wie Zunder. Die trockenen Palmwedel flogen als Funkenträger meilenweit, zündelten, sprangen launenhaft im Wind und fackelten das ab, was im Weg stand. Darunter etliche Wohnhäuser. In Panik flohen die Menschen Richtung Meer. Es hatte keiner damit gerechnet, dass das Feuer sich herablassen würde, das Tal des Großen Königs heimzusuchen. Der Bus hatte kurz angehalten, um den schwarzen Streifen zu besichtigen, der ins Tal führte.

Nun saßen alle in Arure und hatten das Feuer wieder vergessen. Sie warteten gespannt in einem finsteren Saal, für den die Bezeichnung „rustikal“ eher geschmeichelt war. Carola suchte zuerst die beiden Jungs, die mit *Chacaras* und *Tambor* ihre Silbo-Vorführung einleiten sollten. Reiseleiter und Akteure trafen sich normalerweise nebenan, in der Bar, wo ihnen nachher auch das Essen serviert wurde. Vielleicht würden sie dem Publikum kurz zeigen, wie der *Danza de tajaraste* funktionierte. Bei den Fiestas, nach der Messe, wird getanzt – in einer Prozession, bei der die Trommel und die überdimensionierten Kastagnetten den Rhythmus für eine Art wehklagenden Gesang angeben. Dafür braucht man Zwei. Einen, der die Trommel schlägt – und einen, der die *Chacaras* bedient.

An der Theke wartete nur einer: Ivan. Jorge, sein Pfeifkollege, war einfach nicht erschienen. Sie rätselten, was mit ihm sein konnte. „Der kommt aus Alajeró, wer weiß, was ihn aufgehalten hat.“ „Oh nein!“ Carola mochte zwar Überraschungen, aber nur die angenehmen. „Kein Problem“, meinte Ivan, „dann schlägst du eben die Trommel. Und der Koch pfeift mit mir.“ Deshalb lächelten später von den Erinnerungsfotos der Touristen nicht Jorge und Ivan in weißen, kanarischen Trachtenhemden, sondern stand eine konzentrierte Reiseleiterin, die gar nicht gomerisch aussah, im blau-weißen T-Shirt mit einer Trommel neben einem Burschen, der mit den *Chacaras* klapperte und sich dazu die Seele aus dem Leib sang. Carola hatte das Gefühl, dass Schadenfreude doch die schönste Freude ist. Für die anderen.

Als sie wieder auf dem Weg waren, dem Rückweg, wurde es still im Bus. Hatten sie zuviel getrunken? Verdauten sie die Oliven und die Eindrücke? Carola griff wieder in die Anekdotenkiste. Wenig Reaktion. Manche schliefen sogar.

Die Route streifte nun den Norden der Insel. Die Insassen waren wieder aufgewacht. Mit Blick auf Hermigua konnte sie die Geschichte der kanarischen Banane erzählen, die einst, in der ersten Hälfte des 20. Jahrhunderts, Wohlstand und Wachstum brachte, heute aber ein Auslaufmodell darstelle. Nicht EU-konform, braucht zuviel Wasser, die Zollschranken gegen die amerikanischen Bananen fallen, Subventionen gestrichen, Monokultur zerstört den Boden, der Wind und die Plagen die Bananen ... Klingt nicht gut. Sie erwähnte deshalb nicht alles, sondern lobte vielmehr, dass die Bananen besonders schmackhaft seien und dass, wenn sie die Möglichkeit hätten, doch ein paar probieren sollten.

Warum war sie plötzlich so kritisch? Sie lächelte und hoffte, dass ihr ein paar positive Geschichten einfallen würden. Ah ja, der Palmhonig zum Beispiel. Etwas Leckerers! Sie erklärte, wie die Kanarische Palme „geköpft“ werde, um den Saft abzuzapfen, der schließlich, stundenlang gerührt, zu einem Sirup verdickt, den einzigartigen Palmhonig abgäbe. Endemisch. Sehr gesund, vor allem bei Halzschmerzen die beste Medizin. Naturmedizin. Was die Pflanzen angeht, da lag sie mit Jens auf einer Wellenlänge. Das meinte sie ehrlich. Pflanzen haben eine heilende Kraft. Und warum fiel ihr jetzt ausgerechnet Jens ein?

Wer hat eigentlich das Internet erfunden?

Zwei Touren an einem Tag waren doch anstrengender als gedacht. Und das dürfte nicht nur auf die harte Nacht zurückzuführen sein. Am Nachmittag wusste Carola nicht mehr, ob sie das nun in dieser Gruppe oder bei der Tour am Vormittag gesagt hatte. Sie musste öfter fragen: „Habe ich Ihnen das schon erzählt?" Die Gäste nahmen das gelassen hin, ja freuten sich fast, denn: Wer will schon Perfektion? Wo hatte sie das gehört?

Das gemütliche Kaffeetrinken danach mit Jens musste ausfallen. Sie hatte Kopfschmerzen – vom Alkohol gestern Abend? Oder von den permanenten Höhenunterschieden und dem vielen Reden? Sie sagte ihm nur im Vorbeigehen knapp: „Ich rufe dich an!" und steuerte auf dem schnellsten Weg ihr Autochen an. Nur noch nach Hause und sich hinlegen. Schließlich muss sie nochmal über den Berg, bis in den Norden. Hoffentlich denkt er jetzt nicht, ich sei eingeschnappt, weil ich letztes Mal mit Türenschlagen davongerannt bin.

Am nächsten Tag, nach einem ausgiebigen Frühstück in ihrem Innenhof, kamen langsam wieder die Lebensgeister in ihren Körper. Der drängte zum Computer, um nachzusehen, ob die Welt außerhalb der Insel noch stand. Die Welt stand noch, aber sie sah nicht gut aus. Welche Nachrichten sie auch aufrief, „bad news are good news" war auf allen Kanälen die Devise. Und so etwas konnte sie jetzt am allerwenigsten gebrauchen.

Schließlich landete sie auf der (offiziellen?) Nachrichtenseite von La Gomera, Gomeraverde.com. Was sie dort las, ließ sie blitzartig hellwach werden: „Deutscher in Vallehermoso verhaftet. Heinrich D., Betreiber eines Eselparks und Reiseleiter, wird verdächtigt, seinen Kollegen Peter E. verschleppt zu haben. Die Ermittlungen laufen. Für Hinweise aus der Bevölkerung bittet die Guardia Civil folgende Nummer anzurufen", *tal y cual.* Nie und nimmer! Einer von uns? Ausgeschlossen! Der Typ bringt doch keinen um! Oder doch? Die Gedankenstränge in ihrem Gehirn verknoteten sich: und Carmita? Weiß das Sabine? Wie kommen die auf den? Der arme Peter. Ist er am Ende tot? Ich muss Jens sehen.

Wen sollte sie zuerst anrufen, Sabine oder Jens? Sie ging zum Telefon. Sie hatte so etwas Altmodisches wie ein Festnetztelefon. Genau in diesem Moment klingelte es. Sie zuckte zurück. Zögerlich sprach sie in den Hörer – „Carola?" – hörte sie sich selber sagen, als sei sie nicht einmal mehr ihres eigenen Namens sicher. „Ach du, Sabine, gut, dass du anrufst, ich wollte auch gerade – ich, ich habe im Internet nachgesehen, hast du das schon mitgekriegt? Dort steht, auf Gomeraverde, dass sie Heinrich verhaftet haben. Wann denn? Gestern nach der Tour? Was soll denn das? Weißt du was? Haben sie dich angerufen?"

Stille am anderen Ende der Leitung. Sabine hatte keine Ahnung und schluckte. Dann sagte sie gefasst: „Ein Grund mehr, dass wir uns alle noch einmal treffen. Deshalb rufe ich eigentlich an. Ich wollte mit den *Guides* ein Treffen ausmachen, oben in *La Laguna Grande*. Wir sollten unsere Informationen für die Gäste abstimmen. Und ein paar Formalitäten klären. Bei der Gelegenheit können wir auch eine kleine Pflanzenkunde einlegen. Zur Info für die Neuen." „Ja und die neuesten Gruselgeschichten austauschen" ergänzte Carola. Sie entschuldigte sich auch gleich für ihre Wortwahl, nicht sicher, ob Sabine ihre merkwürdige

Art von Humor verstehen würde. Nicht so wie Jens, der schon. Der lag vermutlich noch im Bett, im Moment. Ach Jens, schon wieder Jens. Sie hörte Sabine sagen: „Ich meine, wir sollten unsere Fakten und Erkenntnisse koordinieren, um herauszufinden, was wirklich geschehen ist und ob Heinrich was mit der Sache zu tun hat. Ich dachte an den Mittwoch, passt es dir da? So um 13 Uhr? Dann können wir alle das Neuste bei einem Mittagessen besprechen – was hältst du davon?“ – „Prima, ich bin dabei.“

Laguna Grande war ein beliebtes Ausflugsziel für die Gomeros, vor allem sonntags. Es gab Grill- und Spielplätze, einen kleinen Lehrwanderweg durch den Wald, eine Informationsstation der Parkverwaltung und – natürlich – ein riesiges Restaurant. Im Winter fielen die Temperaturen ordentlich, vor allem am späten Nachmittag, wenn die Sonne ging und der Nebel kam. Dafür war der Nebelwald rundherum um den ausgetrockneten Kratersee aus Urzeiten umso geheimnisvoller. Ein guter Ort für ein Treffen.

Carola wird sich an Jens halten. Der kann ihr dann endlich die Unterschiede der Lorbeerbäume erklären. Das letzte Mal wurde ihr Ausflug in den Lorbeerwald ja leider vereitelt. Schon waren die Finger wieder präsent. Sechs Finger waren es. Im Artikel auf Gomeraverde wurden alle Finger, die bis jetzt gefunden waren, präzise aufgeführt. Carola rief sich noch einmal die Homepage auf und notierte sich alles ganz genau. Sechs Finger. Von irgendwelchen Pflanzen stand dort nichts. Kein Wort.

Sie griff sich einen großen Block Papier und versuchte sich in einem Mindmapping. Wozu habe ich denn all den Blödsinn gelernt, wenn ich ihn nicht anwende? In die Mitte schrieb sie groß: „Peter“. Die Seitenarme waren ihre Spuren. Oder das, was sie Spuren nannte. Ehe, Carmita. Job, Sabine, Reiseleiter. Feinde, Firmen, Politiker. Freunde, Sabine, Walter, Jens. Und ganz wichtig: die Pflanzen. Sie war immer noch überzeugt davon, dass die Lösung in den Pflanzen liegt und die Guardia Civil auf dem Holzweg ist mit dem armen Heinrich. Am Ende hat ihn ein Neider angezeigt. Ein Nachbar. Anonym. Heinrich war vielleicht kein großer Sympathieträger, aber was sollte er gegen Peter gehabt haben?

Sechs Finger. Bis heute. Gott sei Dank war gestern kein neuer Finger aufgetaucht. Sie sollte es nochmal mit Jens probieren. Wozu hat man denn einen Experten? Der kennt viele Aspekte der Pflanzen, die ich nicht kenne. Und der weiß, wo man sie findet – und kennt die Hintergründe. Gemeinsam würden sie das Rätsel lösen und die Mindmap vervollständigen. Sie ließ nicht locker.

„Jens?, weißt du schon, dass sie Heinrich verhaftet haben?“ begann Carola das Telefonat mit einer wichtigen Neuigkeit, um nicht gleich abgewimmelt zu werden. Das konnte Jens freilich nicht beeindrucken. Er ließ sich, wie immer, bitten, bis er zu einer Konzession bereit war. „Ich weiß, du glaubst, ich spinne, das ist egal, aber ich brauche dich als Experten“ schleimte Carola ins Telefon. „Ich brauche Informationen von dir, mit dem Rest hast du nichts zu tun, das mache ich“. Jens knurrte und wand sich, aber die Vorstellung, mit Carola ein Pflanzenbuch durchzugehen, hatte was. „Ich komme heute Nachmittag zu dir.“ Diese Frau hat ein Tempo, unglaublich. Sie ließ Jens keine Zeit, weiter darüber nachzudenken, geschweige denn seine Bude aufzuräumen.

Um 3 Uhr nachmittags stand sie in der Tür, die sie beim letzten Mal eher unsanft bedient hatte. Hartnäckig.

Nicht alle Esel müssen hinter Gitter.

Wenn man nicht gerade ein Sprachgenie ist, dauert es eben eine Weile, bis man eine Fremdsprache beherrscht. Wobei „beherrschen" auch nicht das Richtige meint. Heinrich redete gern und viel, das beschleunigte den Lernprozess. Aber er war noch nicht so lange auf der Insel, als dass er genügend Gelegenheit gehabt hätte, beständig zu üben. Dazu kam, dass ihn seine Nachbarn nicht gerade in seinen Bestrebungen unterstützten (wollten oder konnten sie nicht?). Er lebte in einem abgelegenen Seitental von Vallehermoso, ab vom Schuss, wo, zumindest in einigen Senken, der weite Blick auf den Horizont fehlte und die Berge manchmal auch den Wortschatz begrenzten und die Silben abstumpften.

In der Kürze der Zeit hatte er eine unglaubliche Aktivität entwickelt, als gelte es, ihm und der Welt etwas zu beweisen. Vielleicht auch nur seiner Frau. Er fand heraus, dass es für Esel eine Subvention gab – und schon standen ein paar Esel auf seinem Grundstück. Er hatte eine Menge Ideen, was er mit seinem „Eselpark" anfangen wollte, er klebte Plakate, verteilte Infos, Telefonnummern, knüpfte Kontakte, mischte als Reiseleiter mit. Ein Hans-Dampf-in-allen-Ecken.

Jetzt saß er vor dem Teniente Padilla und radebrechte um sein Leben. „No, no", waren seine häufigsten Worte. Von dem, was Teniente Padilla ihm vorwarf, dem Wortschwall, verstand er nur die Hälfte. Zuwenig, um darauf sinnvoll antworten zu können. „*Quiero un abogado*", was nicht hieß, er wolle eine Avocado, sondern einen ausgewachsenen Anwalt, eine Rechtsvertretung. Sorry, blöder Witz.

Ja, Peter und Carmita kannten ihn, wenn auch nicht gut. Er hatte sie einmal in *Los Aceviños* besucht. Und obwohl Heinrich selten das Gefühl hatte, abgelehnt zu werden, weil ihm dazu der Sensor fehlte, glaubte er bei Carmita ihm gegenüber eine gewisse Abneigung gespürt zu haben. Deshalb blieb der Kontakt flüchtig.

Allerdings hatte er tatsächlich Peter getroffen, kurz vor seinem Verschwinden. Peter kannte sich gut auf der Insel aus. Und er verstand etwas von Tieren. Deshalb habe er ihn um einen Rat gebeten, wie er das anstellen könne mit der Eselzucht in Vallehermoso. Irgendjemand wollte ihm jetzt daraus einen Strick drehen. Etwa Carmita? Oder seine lieben Nachbarn, die verhindern wollten, dass er ein Geschäft aufzog, das am Ende auch noch Erfolg hatte?

Und wenn sie ihn tausendmal verdächtigten. Er war's nicht. Er ist unschuldig. Was heißt eigentlich unschuldig auf Spanisch? Diese Vokabel hatte er bislang nicht gebraucht. Was hätte er denn davon gehabt, jemandem, der ihm vielleicht hätte nützlich sein können, die Finger abzuschneiden oder ihn gar verschwinden zu lassen? Das macht doch alles keinen Sinn. No, no, no, *no es así,* brach es immer wieder aus ihm heraus.

Die Verabredung.

Es gibt einen Verdächtigen! Carmita staunte über die zügige Arbeit der Guardia Civil. Das musste sie Jorge sagen. Und tatsächlich, nach unzähligen Anrufversuchen, hob er endlich ab: „Jorge, wir müssen uns unbedingt treffen. Du bist mir eine Erklärung schuldig." Jorge sah das nicht so, im Gegenteil. Er war davon überzeugt, dass Carmita ihm etwas schuldig war. Nach allem, was er für sie getan hatte. Nicht einmal zu seiner Silbovorführung ist er erschienen. Verdienstausfall. Er hatte sie nicht hängen gelassen, wie sie ihn jetzt. Er hatte getan, was sie von ihm verlangte. Naja, mit kleinen Abweichungen.

Natürlich musste sie jetzt vorsichtig sein. Sie konnte sich nicht mit einem anderen Mann blicken lassen. Sie durfte auch nicht einfach nach Teneriffa reisen, wozu sie am meisten Lust gehabt hätte. Sie musste abwarten. Abwarten, bis die Ermittlungen zu Ende waren. Jetzt, wo sie den Eseltreiber verhaftet haben, sieht die Sache gar nicht schlecht aus.

Drei Dinge waren nun wichtig: Die Sache mit Jorge regeln. Die Nerven bewahren. Und Gras über die Angelegenheit wachsen lassen. Dann konnte sie tun und lassen, was sie wollte, die Insel verlassen. Weg aus diesem gottverlassenen Nest. Es muss doch eine Zukunft für sie beide geben. Vielleicht kann ihr Jesús dabei helfen. Später.

Lasst Pflanzen sprechen.

Jens versuchte sich nicht anmerken zu lassen, dass er sich über den Besuch von Carola freute. Er hatte nicht damit gerechnet, dass sie noch einmal seine heiligen Hallen betreten würde. Und er war sich nicht sicher, ob er sie jemals wieder darum gebeten hätte. Aber jetzt war sie da.

Schwungvoll wie immer, voller Tatendrang, stand sie vor ihm, warf ihre blonden Haare zur Seite, neigte den Kopf und strahlte ihn an. Er konnte sich nur wundern, woher diese Frau ihre Dynamik nahm. Er hatte heute nicht viel mehr gemacht als Frühstück, sich dann ausgeruht, in seine Bücher geschaut, ein wenig an seinen Pflanzen gezupft und jetzt könnte er eigentlich einen gemütlichen Abend auf dem Sofa einläuten. Aber es war ja erst drei Uhr nachmittags. Eigentlich: Frechheit! Siestazeit, heilige Zeit. Da stört man niemanden und fällt auch schon gar nicht bei jemandem ein. Aber Carola hatte ihm am Telefon gar nicht erst die Chance gelassen, Einspruch zu erheben und, wenn er ehrlich war, schien er ihr alles zu verzeihen. Sie hatte eine Art Narrenfreiheit. War das jetzt ein gutes oder ein schlechtes Zeichen?

Carola hielt ein kleines Büchlein in der Hand *Pflanzenführer Kanarische Inseln*. Und sie war wild entschlossen, mit Hilfe dieses „handlichen Begleiters durch die Flora der Kanarischen Inseln“ alle Rätsel rund um Peters Verschwinden zu lösen. Absurd. Er beneidete sie um ihre blühende Phantasie und ihren Elan. Fast schon wieder liebenswert. Vielleicht konnte er diesmal dafür sorgen, dass sie nicht wieder ins offene Messer lief, so wie letztes Mal bei der Guardia Civil. Vielleicht konnte er ihr diesen Spleen ausreden. Wenn sie ihn schon als Experten schätzte, müsste sie doch auch seine Meinung schätzen. Und die war eindeutig: Das alles war ein ausgemachter Blödsinn.

Sie holte ihre Fingerstatistik raus und verglich die Namen der Pflanzen, in/mit/bei denen die Finger gefunden wurden. Wir haben sechs Finger. Jens, sechs! Sechs! Das ist doch überdeutlich. Es geht um Sex! Wenn Jens ein dynamischer Mensch gewesen wäre, hätte er jetzt schallend gelacht. So huschte nur ein müdes Lächeln über sein Gesicht. Sex. Was war das gleich nochmal? „Das passt doch gar nicht zu Peter", versuchte er ernsthaft auf Carolas Spinnereien einzugehen, um sie nicht zu provozieren. Wer weiß, wozu diese Frau sonst noch imstande wäre. „Peter war glücklich verheiratet. Und außerdem, hast du nicht gesagt, sie haben Heinrich verhaftet? Warum eigentlich? Hat der gestanden?" Carola wusste keine Details. Das stimmt. Vielleicht hat Heinrich alles gestanden. Vielleicht hat die Guardia Civil schlagende Beweise. Vielleicht haben sie Peter, o Graus, gefunden und Heinrich hatte sie zur Leiche geführt. Sie hielt einen Augenblick inne und Jens schöpfte schon Hoffnung, sie könne sich eines Besseren besinnen.

„Ach, egal, dann nehmen wir das halt nur als Spiel und ich lerne etwas über die Pflanzen!" Sie holte ihr dickes Wörterbuch aus der Tasche und legte es auf den Tisch. Auf der Stirn von Jens war deutlich zu lesen: „Es bleibt einem auch nichts erspart!" Trotzdem gab er sich redlich Mühe, die Pflanzen zu definieren. Carola lieferte dazu die Kommentare.

1. *Bidens pilosa* dozierte der Experte. Ein Korbblütler, hier genannt *amor seco*, trockene Liebe. Unkraut. Wächst eigentlich überall, zum Beispiel am Rand von Feldern. Klebt am Hosen-

bein, wie wir hautnah erfahren durften. Gefunden irgendwo auf dem Weg von Hermigua zu El Cedro.

2. *Aceviño*, Kanarische Stechpalme, sinnigerweise gefunden in Los Aceviños. Wo sonst. *Ilex canariensis*. Erreicht im Laurisilva Baumgröße.

3. *Berro*. Üblicherweise ohne Finger zur Suppe verarbeitet, die echte Brunnenkresse. *Nasturtium officinale*. „Klingt süß", konnte sich Carola nicht verkneifen. Gefunden im Lokal La Vista in El Cedro.

4. *Espuma de mal, hierba negra, jediondo*. Gleich drei Namen hat der drüsige Wasserdost. Schlechter Schaum, schwarzes Kraut, und ... Iiiih! Wie das schon klingt. *Ageratina adenophora* (oder *Eupatorium adenophorum*). Soviele lateinische Namen können sich auch nur Ärzte merken. Noch ein Korbblütler. Braucht es feucht und schattig. Epina war ideal.

5. Blaugrüner Tabak, *Nicotiana glauca*. Von den Einheimischen genannt *Tabaco moro*, maurischer Tabak. Es stehen noch tausend weitere Bezeichnungen da: *Malgusto*, schlechter Geschmack, *Mimo*, Schmeichelei, *Bobo*, Tölpel, *Venenero*, Vergifter?, *Robusto*, Handfest. Sieht eigentlich ganz reizend aus, ein filigraner Strauch mit kleinen gelben Blüten. Aber das Zeug ist sehr giftig! Wächst auf „stickstoffreichen Schuttplätzen" heißt es hier. Gift. Das klingt doch spektakulär. Gift auf den Schuttplätzen einer Baufirma. Vielleicht ist Peter vergiftet worden. Jens verzog nur sein Gesicht, das mittlerweile sowieso leicht verzerrt aussah.

6. Die Rote Spornblume im Briefkasten von Jesús. Carola hatte diese Blume, ein Baldriangewächs, manchmal am Wegesrand gepflückt – sie hielt sich gut in der Vase und hatte eine schöne Blüte, eigentlich lauter kleine Blütchen, tausende. Mit tausend Lieben, heißt nämlich *Mil amores*. Oder auch *Hierba de San Jorge*. Beides klang für Carola wie eindeutige Hinweise. Jorge, Jorge, wer war gleich nochmal Jorge? Hatte sie da neulich nicht etwas läuten gehört? Und hieß so nicht der Typ, der sie bei der Silbo-Vorführung versetzt hatte? Tausend Lieben, das war ja wohl eindeutig. „Ich sage ja. Sex. Mit Jesús! Klar. Sie war doch mit Jesús in Teneriffa gesehen worden." – „Wer?" Jens blickte schon lange nicht mehr durch und konzentrierte sich auf die roten Flecken, die ein Muster auf Carolas Gesicht zeichneten. „Na, Carmita! Unsere Spur führt nicht zu Peter, sondern zu Carmita," rief Carola begeistert aus.

„So ein Quatsch!" Jens war wohl doch nicht der Richtige für solche Spielchen. Ihn interessierten keine Experimente. Ihn interessierten auch die Menschen, ihre Beziehungen und ihre Intrigen nicht. Nicht mehr. Und ihn interessierte am allerwenigsten, sich in diesen blöden Vermisstenfall, denn für ihn war Peter vermisst, wenn auch einiger Finger entledigt, und nicht tot, sich in diesen blöden Vermisstenfall einzumischen und am Ende auch noch was mit der Guardia Civil zu tun haben zu müssen. Alles nur wegen einer Frau. Zugegeben, einer, die ihm schon irgendwie gefallen würde. Die, die vor ihm saß und deren Augen leuchteten ob neuer Ideen.

„So, also, wir haben" fuhr Carola mit ihren Aufzeichnungen fort, „die Namen Jorge und Jesús, tausend Lieben, einen giftigen Strauch, vertrocknete Liebe. Na klar, wir haben Los Aceviños, da wohnen Carmita und Peter, deren Liebe war vertrocknet.“ Jens klinkte sich für einen kurzen Moment wieder ein: „Carmita hat für *La Vista* gekocht. Und ab und zu die *Potaje de Berros* geliefert. Das ist natürlich nicht ganz legal, da braucht man eine Genehmigung. Deshalb hat niemand was gesagt, in *La Vista*. Aber warum sollte Carmita Peters Finger in die Suppe rühren?“ „Wer weiß, ein Unfall? Schließlich hatte der Hund ja auch einen Finger.“ – „Wir haben sechs Finger. Zuviel Sex und zu viele Lieben. Wer war denn nun Carmitas Liebhaber? Und welche Rolle spielt eigentlich dieser Jorge?“ Widerwillig brummte Jens „Jorge ist ein alter Jugendfreund von Carmita, der schon immer scharf auf sie war, der aber nie zum Zug kam“. – „Und Jesús?“ – „Ein echter Ehrenbürger, pensionierter Lehrer, alter Schürzenjäger. Glaube ich nicht, dass Carmita was mit dem hat. Aber man weiß ja nie, immerhin hat er eine Menge nützlicher Kontakte und Einfluss. Und Frauen stehen ja auf so was.“ Jens musste sich nach dem Aufschrei von Carola korrigieren: „Manche Frauen stehen auf solche Männer. Ich kenne nicht wenige“, musste er aber noch hinzufügen.

„Also, da haben wir's schon.“ Carola unbeirrt. „Die Liebe ist vertrocknet, *amor seco* Finger 1, in *Aceviños* Finger 2, die Kocherei der *Berros* geht ihr auf den Keks Finger 3, macht schlechte Stimmung, *espuma de mal* Finger 4, sie hat aber einen schlechten Geschmack, *mal gusto* Finger 5, bei ihren tausend Liebschaften Finger 6. Sechs, Jens, Sex! Jorge oder Jesús? Was meinst du?“

„Ich meine weder noch und von tausend Liebschaften kann ja wohl keine Rede sein bei Carmita. Sie waren glücklich verheiratet, die Zwei, da oben auf ihrem Berg. Bis du kamst!“ Diesen Vorwurf – war es ein Vorwurf? – überhörte Carola geflissentlich: „Ja, nach außen sehen Ehen immer glücklich aus. Bis sie geschieden werden."

Jens gab es auf. „Komm, ich mach uns was zu essen. Du bist ganz schön anstrengend, in deiner Anwesenheit verbraucht mein Körper zu viel Energie, ich muss unbedingt ein paar Kalorien nachlegen, sonst nehme ich am Ende auch noch ab." Carola mochte Jens' feine Selbstkritik. Es gibt wenig Menschen, die sich nicht so wichtig nehmen. Das Leben, ein Spiel, in dem keiner weiß, wie die Karten gemischt waren und wo sich der Joker versteckte. Hatte sie denn das richtige Blatt in der Hand? Sie sollte sich wirklich um ihre eigenen Angelegenheiten kümmern, sich zum Beispiel eine schöne Wohnung suchen, anstatt sich hier als Columbo aufzuführen. Übrigens... ich hätte da noch eine Frage ...

Sie sah sich um. Funktional, nüchtern, unaufgeräumt. Aber halbwegs sauber. Und geräumig. Eine große Bücherwand, ein Schreibtisch, auf dem Papierstapel lagen und der Laptop, zugeklappt. Ob sie hier leben könnte?

Jens war in die Küche gegangen und stellte Wasser für die Nudeln auf den Herd. „Basta. Jetzt gibt's erstmal Pasta", hörte sie ihn vor sich hinbrummeln. Nebenbei zog er den Korken aus einer Rotweinflasche. Es war schon 5 Uhr am Nachmittag. So gut wie Abend. „Wann hast du gesagt ist unser Treffen in La Laguna Grande?" „Am Mittwoch. Mittwoch um 1." „Da haben wir ja noch Zeit, uns alles nochmal in Ruhe und mit Abstand durch den Kopf gehen zu lassen."

Carola ließ nicht locker: „Ja, wir müssen noch überlegen, wer wissen konnte, wann wir wo sind. Nur bei Jesús war allem

Anschein nach eine Fehlinformation vorgelegen, sonst hätte der Finger nicht so lange im Briefkasten herumgegammelt, bis die Maden herauskriechen. Glaubst du eigentlich, dass Heinrich was mit der Sache zu tun hat?“

Basta und Pasta wiederholte Jens nur vor sich hin, ohne auf Carola einzugehen, die jetzt in der Küchentür stand.

Er ist zwar nicht gerade mein Freund, aber ihn gleich wegen Mordes – man verdächtigt ihn doch des Mordes, oder? – festzunehmen, ist bestimmt ein Irrtum. Oder hat vielleicht Heinrich auch was mit Carmita?

Jens rührte im Kochtopf um, während Carola in seinen Hirnwindungen herumrührte.

La Laguna Grande.

Sie waren alle um 13 Uhr am Parkplatz in La Laguna Grande. Außer Heinrich, der ja bekanntlich von der Guardia Civil festgehalten wurde. Sabine legte großen Wert auf Pünktlichkeit. „Schön, dass ihr da seid", leitete Sabine das Treffen der Reiseleiter ein, „wir werden versuchen, das Schöne mit dem Nützlichen zu verbinden und gehen erstmal die kleine Runde auf dem Lehrpfad, für die Neuen, bevor wir ins Restaurant gehen. Ich habe für uns reserviert."

Sie ging voraus und klärte die Greenhorns auf, während sie über den riesigen Platz gingen, der vor Millionen von Jahren angeblich ein Kratergrund gewesen ist, vorbei an den beiden Holzfiguren, die hinter dem Esel auf dem Spielplatz standen. Das sind natürlich Gara und Jonay, das unglückliche Liebespaar, die Guanchenprinzessin aus La Gomera und der Fürstensohn aus Teneriffa. Jonay schwamm, wie es heißt, mittels aufgeblasener Ziegenhäute täglich (!) zur Nachbarinsel, um seine Angebetete zu besuchen. Heimlich. Denn die Verbindung wurde nicht gebilligt. Als man ihnen auf die Schliche kam und sie stellen wollte, flohen sie in ihrer Verzweiflung auf den höchsten Punkt der Insel und stürzten sich in eine Lorbeerlanze. Man fand sie am Morgen, im Tode vereint. Carola hatte die Legende schon in ihr Repertoire aufgenommen und erzählte sie im Bus, wenn sie am Gipfel des höchsten Berges, dem *Alto de Garajonay*, vorbeifuhren. „Sie sehen schon, es ist eine gomerische Romeo-und-Julia-Geschichte", kommentierte sie dann. Feuer/Teneriffa und Wasser/La Gomera, das kann ja nicht zusammengehen. In Wahrheit, sofern es bei einer Legende eine Wahrheit geben konnte, war es vermutlich so, dass die Standesunterschiede der beiden Liebenden zu groß waren, als dass das noble Söhnchen Jonay die einfache Gara ungestraft hätte schwängern können. „Nach ihrem tragischen Tod hat man die beiden Namen vereint, ohne Bindestrich, zu Garajonay, das dem höchsten Berg, auf dem sie starben und dem Nationalpark den Namen gab." Der Text für den Bus.

Sie gingen an dem typisch gomerischen Backofen vorbei, aus Stein „gemauert" mit einem kleinen Eisentürchen, man hatte wirklich an alles gedacht für die sonntäglichen Grillfeste der Familien, sofern kein Grillverbot wegen Feuergefahr ausgerufen war, und gelangte schließlich zum Einstieg in den Lehrpfad, der nicht zu übersehen war.

Sabine erklärte die Pflanzen, zupfte an Blättern und gab ein paar Tipps, wie man die Touristen beeindrucken konnte. Mit der Rattengeschichte der *Persea Indica*, zum Beispiel, von Einheimischen *Viñatigo* genannt. Ein Lorbeerbaum, der für Menschen giftig sein soll. Die Geschichte kannte Carola schon. Die mit den Ratten, die im Frühling betrunken über die Straße taumeln und als Verkehrsopfer enden.

Seltsam, dass man sich freut, wenn Ratten überfahren werden, schoss es Carola durch den Kopf. Sind doch eigentlich auch Geschöpfe Gottes. Aber dann fielen ihr sofort ihre schwarzen Würmer, die Kakerlaken und anderes, ekliges Getier ein, verfluchte Insekten – man kann wirklich nicht alles gern haben. Unmöglich. Und da sie nicht an Gott glaubte, konnte sie guten Gewissens bei ihrer Meinung bleiben. Ganz abgesehen davon, dass sie nicht sicher war, ob er, wenn es einen Gott geben sollte, die Welt tatsächlich gut eingerichtet hatte. Überall giftige Pflanzen. Wer hätte das gedacht? Dafür gab es immerhin keine „gemeinen"

Tiere auf La Gomera, keine Giftschlangen und Skorpione, sieht man mal von den beißenden Spinnen ab.

Der kleine Pulk der Reiseleiter bewegte sich langsam den Pfad hinauf. Den Weg entlang führte ein robustes Holzgeländer, die Stufen waren befestigt und angelegt. Sabine fuhr mit ihren Erläuterungen fort, zeigte auf ein Lorbeerblatt: „Hier, Domatien." Carola würde bei dem Begriff an irgendeine ex-jugoslawische Küste denken, oder doch eher an ein Gebirge?, hätte sie den Begriff nicht schon in ihrem schlauen Pflanzenführer gelesen. Milbenhäuschen. Wenngleich sie sich darunter genauso wenig vorstellen konnte, wie unter Domatien. Milbenhäuschen in den Blattnervenachseln. Wie bitte? Gut, dass Sabine sich auskannte. Sie deutete auf die kleinen Pünktchen an der Blattunterseite und erklärte, dass man unter anderem daran die verschiedenen Lorbeerarten erkenne. „Ich kann doch nicht erst jeden Baum untersuchen, bevor ich den Touristen sage, wie der Baum heißt," warf Carola ein. Sabine beruhigte sie: „Die meisten wollen es gar nicht so genau wissen, es genügt, wenn du sagst, es gibt hauptsächlich vier Arten und die sehen sich alle sehr ähnlich. Und vor allem sind die meisten kein Gewürzlorbeer, so wie wir uns das vorstellen."

Carola war froh, dass sie bislang nur die Touren hatte, wo man die Bäume aus dem Bus betrachtete. Und da kam niemand auf die Idee, jeden einzelnen Baum kennenzulernen. Aber wenn sie mal eine Wandergruppe leitete oder eine Tour hatte, wo ein Spaziergang durch die Natur geplant war, dann wird es eng werden. Der Hinweis mit dem Gewürzlorbeer war immerhin sehr wichtig. So kam niemand auf die Idee, sich ein paar Blätter für die Suppe einzustecken und den Nationalpark zu entlauben. Es war streng verboten, Pflanzen und Zweige als Souvenir mitzunehmen.

Die Schilder am Rand, die Flora und Fauna erklärten, waren zweisprachig: spanisch/englisch. Irgendwer hatte die Plastikabdeckung zerkratzt, man musste genau hinsehen, um die Erklärungen zu entziffern. Sabine kannte die Infos auswendig, wie es schien.

Jens versuchte genügend Abstand zu Carola zu halten, was ihm natürlich nicht gelang, weil Carola seine Nähe suchte. Der Pfad war breit genug. Zwei Personen passten bequem nebeneinander. Und wenn Sabine gerade Pause machte und die Pflanzen nicht kommentierte, tat es Jens. Er warf dann mit den lateinischen Ausdrücken um sich, dass allen der Mund offen blieb und Carola sich wunderte, welche Gehirnzellen der Alkohol wohl bei ihm vernichtet haben könnte. Der Weg bot einen guten Einblick in den Zauberwald. Dicke, krumme, moosbewachsene Bäume standen oder lagen kreuz und quer, dazwischen Farne, Sträucher und Blumen. Die Sonne veranstaltete ein Spiel aus Licht und Schatten. Auch wenn der Zauberwald inszeniert war, faszinierend war er allemal.

Nur wer genau hinsah, oben auf dem Gipfel, bemerkte, wie sich der Wald auf der anderen Seite, auf der Südseite, gelichtet hatte. Dort, wo der Brand seine Spuren hinterlassen hatte.

Normalerweise dauerte der kleine Spaziergang keine zwanzig Minuten. Aber da sie sich so viel Zeit für jedes einzelne Gewächs nahmen, brachten sie es auf eine Stunde. Also waren sie pünktlich zur Essenszeit, um 14 Uhr, im Restaurant. Sabine hatte einen Tisch reservieren lassen. Sie hatten Glück: heute war nichts los, sie konnten mehr oder weniger in Ruhe ihre Besprechung abhalten. Carola stellte sich vor, wie es wohl ist, wenn hier mehrere

Busse gleichzeitig eintreffen. Dann muss der große Raum, der mindestens 100 Menschen fasste, nein, mehr, brechend voll sein und es wäre chancenlos, gegen den entsprechenden Lärmpegel anzureden.

Durch die riesigen Glasfenster des Restaurants konnten sie direkt in den Wald schauen. Am Eingang des Waldweges bzw. am Ende, je nachdem, wo man die Route begonnen hatte, stand eine Art Box aus grauen Natursteinen, eine Touristeninformation. Eine junge Dame gab einem Auskunft und eine Karte zum Nationalpark. Sabine wollte vorher schnell solche Karten für alle holen, aber die Info-Dame bestand darauf, dass sie pro Person nur ein Exemplar ausgeben könne, die anderen müssten sich ihre Karte jeweils persönlich abholen. Später. Dann würden sie eben gemeinsam bzw. einzeln nochmal kommen. In der Info-Box lagen Mappen zum Nachschlagen aus, welche Vögel und anderes Getier im Wald wohnten, zur Illustration gab es große Wandbilder. Auch hier sah man durch die Glaswand an der Rückseite in das üppige Grün des „Urwaldes". Als sie nach dem Essen wiederkamen, zeigte sich die Park-Lady entspannter und erzählte, dass sich regelmäßig um eine bestimmte Uhrzeit alle Vögel hier versammelten, um ein Konzert zu geben. Um vier. Mal sehen, ob sie so lange bleiben werden.

Hier oben, auf rund 1.200 Metern, konnte es eiskalt sein, im Winter, dann musste der Kamin im Lokal angeheizt werden. Noch war es erstaunlich mild für Dezember. Die Sonne strahlte um die Wette und Carola freute sich, dass sie nicht in Hamburg saß, wo jetzt sicher Frost herrschte und ein kalter Wind um die Häuser zog. Oder zumindest Regen und Nebel einem das Leben schwer machten. Und sollte das Wetter schön sein, dann verdarb einem das Weihnachtsgeschäft die Laune, in die Stadt zu gehen. Nein, hier, mitten in der Natur, in der frischen Luft, war sie gerade sehr zufrieden.

Ein wenig *Almogrote*, ein paar *Papas Arrugadas* und eine Portion Ziegenfleisch oder Kaninchen – und der Tag war perfekt. Die Kellner kannten die meisten der Reiseleiter und begrüßten sie freundlich. Zumindest diejenigen, die schon länger im Geschäft waren und ihre Gruppen hierher führten. Sie saßen im großen Saal an einer großen Tafel, hinten im Eck. Bei den Bustouren gab es üblicherweise nach dem Essen, nebenan, an der langen Theke, einen Kaffee. Und wenn es kalt genug war, einen Kaffee mit Schuss. Sie waren schon gut vorbereitet auf den Winter. Seit Neuestem hing in der Bar ein Schild mit der Aufschrift: „Es gibt Glühwein. € 2,–“. Wohlgemerkt auf Deutsch.

Sabine erhob sich und ihre Stimme und kam direkt zur Sache: „Es geht um Peter. Wie ihr wisst, sind die gefundenen Finger von ihm. Ich möchte, dass wir alle auf dem gleichen Informationsstand sind und dass ihr erzählt, was ihr herausbekommen habt. Vielleicht können wir gemeinsam etwas unternehmen.“

„Heinrich ist verhaftet worden, falls es jemand noch nicht weiß“, begann Norberto. „Was können wir tun, um ihn wieder freizukriegen?“ Die Meinungen gingen durcheinander. „Wir gehen einfach zur Guardia Civil und sagen, dass er's nicht war. Wir könnten sicher ganz schnell das Missverständnis aufklären.“ „Wir können doch nicht alle bei diesem Teniente einlaufen!“ „Dann wählen wir halt eine Abordnung – wer geht freiwillig?“ Norberto nannte Klara, die sich einverstanden erklärt hatte mitzugehen, am nächsten Tag werden sie den Teniente Padilla aufsuchen. Schließlich kannte sich Norberto ja schon aus. Sie könnten zumindest Heinrich dabei unterstützen, sich verständlich zu machen.

Walter erzählte von seiner ergebnislosen Recherche in Agulo, betonte aber, dass ihn das mit dem Finger in seinem Kofferraum doch ziemlich beunruhigt habe. Er wisse aber nicht, was er jetzt noch tun könne.

„Du hast ja nur Angst, Peter hätte sicher weitergemacht!" Ausgerechnet die kleine Klara lehnte sich weit aus dem Fenster. Jens bremste sie und meinte, es seien doch alles nur Gerüchte und man solle sich lieber auf die Tatsachen stützen.

Tatsache war, dass keiner etwas wirklich Brauchbares hatte herausfinden können. Carola getraute sich nicht, ihre Sex-Finger-Theorie aufzutischen. Oder sollte sie doch? Mehr als lächerlich machen konnte sie sich ja nicht. Sie zögerte. Dann fasste sie sich ein Herz: „Ich glaube, dass Carmita hinter dem Verschwinden von Peter steckt." Schweigen. Sie sah in verblüffte Kollegengesichter. „Wir haben nämlich eines vergessen: Es wurden nicht nur sechs Finger gefunden, sondern auch eine Beigabe, Pflanzen, die uns auf eine Spur bringen sollen." Allgemeines Getuschel, so nach dem Motto, die ist jetzt völlig durchgeknallt. Jens blickte peinlich berührt zur Decke. „Ich habe das mal aufgelistet". Carola hielt ihre Mind-Map in die Luft, die Reiseleiter setzten ihre Brillen auf, sofern vorhanden. Ein Gewirr von Namen und Zahlen, in bunten Farben, war auf dem DIN A3 Blatt zu sehen. Pflanzennamen, Zeichen, Personen, Linien, Orte, kreuz und quer verbunden. Keiner verstand auch nur irgendetwas. „Seht ihr, ist doch ganz klar", fuhr Carola beherzt fort, „die Pflanzen, die bei den Fingern gefunden wurden, erzählen eine Geschichte". Die Zuhörer versuchten, aus den wirren Linien und Zeichen den roten Faden herauszufinden. Außer Jens. Der starrte weiterhin die Decke an. Dann schloss er die Augen. Er wusste, dass jetzt die ganze Geschichte mit den Sex-Fingern kommen würde. Er wünschte sich, er hätte diese Frau nie getroffen. Und er hätte ...

„Ich bin mit Jens alles durchgegangen." Jens schreckte auf. Auch das noch! Ich bin gar nicht da. Lass mich doch aus dem Spiel, Kindchen. Er verlor fast für einen Moment seine stoische Gelassenheit und fingerte nervös an seiner Gabel herum. Carola fuhr unbeeindruckt fort. „Carmita steckt hinter dem Verschwinden von Peter." Dann erklärte sie ihre absurde Theorie vor allen Anwesenden, zu denen auch die Gäste am Nachbartisch gehörten, die in der Hitze des Gefechts völlig übersehen wurden. „Und warum sollte Carmita die Spur auf sich selbst lenken, wenn sie die Potaje de Berros gekocht hat?", kam prompt die Kritik. Hm. „Dann will sich eben jemand an Carmita rächen. Oder so." Sie setzte sich wieder hin. „Was weiß denn ich!"

„Ich bin dafür, dass wir uns lieber darauf konzentrieren, Peter zu finden," begann Walter von Neuem, um wieder auf den Boden der Realität zu gelangen, „tot oder lebendig". Schließlich kennen wir die Insel und könnten uns die Gebiete aufteilen, sie durchwandern. „Und wenn Peter gar nicht auf der Insel ist?" Sabine klammerte sich immer noch an die Hoffnung, Peter könne in Deutschland sein. Aber ohne Finger?

Schließlich machten sie eine Prioritätenliste. Morgen würden sie zur Guardia Civil gehen, um Heinrich rauszuhauen. Dann würden sie die Insel systematisch durchkämmen, um Peter zu finden. Und einer von ihnen sollte Carmita nochmal auf den Zahn fühlen, auch wenn die Horrorgeschichte von Carola eher ihrer Phantasiewelt zuzuordnen war.

Sie waren zufrieden mit ihrer Besprechung, traten ins Freie. Vor dem Lokal durften die Raucher schnell noch eine Zigarette paffen und auf die warten, die noch auf der Toilette waren. Manchmal kamen die Vögel aus den Bäumen herausgeschwirrt und hüpften auf dem Platz herum, bevor sie wieder im Unterholz verschwanden. Es war ein Zwitschern und Pfeifen und Carola fragte sich, zu welchem Vogel wohl welches Gezwitscher gehörte, als Sabine eine Amsel entdeckte, die hektisch auf einem seltsam fleischigen Bündel herumhackte. Und schon war die gute Laune verflogen. Das war Nummer Sieben. In Sanguinero-Mantel wie Jens, der Feinschmecker, anmerkte und Carola stolz „Drüsiger Faulbaum“ hinzufügte. Sie hatte etwas dazugelernt. Aber aus dem irdischen Sex war eine mystische Sieben geworden.

El Faro.

„Lass uns ein Stück gehen“, schlug Jorge vor. „Ich weiß dort ein schönes Plätzchen, eine Flasche Wein habe ich auch dabei.“ „Du glaubst doch nicht, dass ich jetzt mit dir ein gemütliches Picknick veranstalte?“, konterte Carmita unwirsch, „ich habe ständig die Guardia Civil im Haus, überall tauchen Finger von Peter auf und ich soll hier ein Schäferstündchen mit dir abhalten?“ – „Wenn ich mich recht erinnere, hast du mir das versprochen. Und Versprechen hält man ein, sonst…“ „Was sonst? Du hast sie ja nicht mehr alle. Was bildest du dir ein? Was hast du mit Peter gemacht? Und von wegen schönes Plätzchen!“

Tatsächlich war die Gegend überhaupt nicht schön. Hinter dem *Parador* in San Sebastian, dem staatlichen Nobelhotel, ging früher ein Weg auf der *Lomada* ins Niemandsland, besser gesagt, nach *Avalo*, einer stillen Bucht mit Palmen und Sandstrand, wie aus dem Bilderbuch. Früher konnte man in dieser idyllischen Bucht ungestört baden, windgeschützt, und die Bäume boten Schatten. Außerdem gab es eine Strandbude, wo in der Siestazeit Ziegenkäse und Wein serviert wurde. Wenn die Bude geschlossen war, standen die Ziegen auf dem Tisch – zur Belustigung der wenigen Touristen, die sich hierher verliefen. Also früher waren im neuen Teil der Hauptstadt nur der Sitz des Militärs und zwei verfallene Windmühlen. Vermutlich noch der Friedhof. Zumindest hatte es Sabine so in Erinnerung.

Avalo war schon seit vielen Jahren ein Jammertal, eine verlassene Baustelle. Abgesperrt, eingezäunt. Es sollte wohl eine Appartementanlage direkt ans Meer gebaut werden. Die Bagger hinter den Zäunen rosteten vor sich hin, Gebäude waren begonnen und nicht zu Ende geführt worden, Ruinen, bevor sie jemals in Betrieb genommen waren, vergammelt, verkommen, verunstaltet. Carmita ließ sich von Peter einmal überreden, mit nach Avalo zu kommen, aber nachdem er sah, was dort vor sich ging und er ein Foto des Entsetzens gemacht hatte, aus einiger Entfernung – kehrten sie sofort um. Peter war den Tränen nahe. Sicher hat er recherchiert, wer für dieses Dilemma verantwortlich war. Ein Privatprojekt? Kassierte Fördergelder? Korruption? Was steckte dahinter? Carmita hatte Peter nie gefragt. Und seither war sie nicht mehr hier oben gewesen. Warum auch.

Jetzt war die Gegend hinter dem *Parador* nicht mehr wiederzuerkennen, alles bebaut! Waren das nicht *zwei* Windmühlen? Die, die jetzt hier stand, war restauriert und stach in Konkurrenz mit der Palme nebenan ins Blau des Himmels. „Was lockst du mich hier her, in diese öde Ecke“, blaffte Carmita Jorge an, als dieser nicht Richtung Avalo fuhr, sondern am Friedhof nach rechts abbog, Richtung *Faro*, zum Leuchtturm, und dann seine alte Klapperkiste einfach stehen ließ.

Sie liefen, aufgeregt fuchtelnd, den Weg entlang. Rechts waren neue Reihenhäuser entstanden, Duplex, stand da, zu vermieten, zu verkaufen. Aber sie nahmen wenig Notiz von dem, was sie umgab. Jorge steuerte zielsicher auf den Leuchtturm zu. Und auf den kleinen Weg, der entlang des Hauses beim *Faro*, zu den Klippen führte.

„Ich? Ich? Darf ich dich erinnern, dass du...!“ – „Wo ist Peter! Ich will das jetzt wissen. So war das nicht ausgemacht!“ – „Gut aufgehoben.“ – „Du solltest ihn nicht aufheben, du solltest ihn verschwinden lassen!“ – „Was regst du dich so auf, Carmita, die

Guardia Civil hat doch einen Schuldigen verhaftet. Wie soll denn der jemals beweisen, dass er nichts damit zu tun hat? Entspann dich."

Carmita stand nicht der Sinn nach Entspannung. Im Gegenteil. Sie stand unter Strom, unter Hochspannung, so wie die dicken Leitungen, die überall durch die Landschaft gezogen waren und stets leicht vibrierten. Nur dass bei ihr die Gefahr einer Explosion bestand. „Wenn du nicht sofort mit deinen gemeinen Spielchen aufhörst, dann werde ich zu anderen Mitteln greifen..." Jorge grinste. „Ich liebe das, wenn dein Temperament mit dir durchgeht. Du bist dann noch schöner." Er hatte es gern, wenn sich Carmita so aufregte. Er hatte sie immer gern. Schon immer. In jeder Sekunde. Er wird sie jetzt küssen. „Hey! Du spinnst wohl!" Jorge ließ sich nicht abbringen. Er riss an ihrer Bluse, die Knöpfe flogen auseinander. Carmita schlug um sich. Erstaunlich, welche Kräfte der kleine Jorge entwickelte. Er packte sie fest, an beiden Armen. Carmita erinnerte sich an ihren Selbstverteidigungskurs, den sie mal aus Langeweile in Teneriffa gemacht hatte und holte Schwung. Oder hatte sie das im Fernsehen gesehen? Blitzschnell sauste ihr Knie zwischen seine Beine. Das saß! Jorge wimmerte und hielt sich beide Hände vor seine empfindlichste Stelle, sieht man von seiner gekränkten Eitelkeit einmal ab. Jetzt musste Carmita schnell sein.

Wo, zum Teufel, ist Peter?

Schon am frühen Morgen machten sich Sabines Reiseleiter auf den Weg. Sie hatten die Insel in vier Teile aufgeteilt, wie bei den Altkanariern seinerzeit, und gingen jeweils zu Zweit los, um Peter zu suchen, wie vereinbart. Nur die Optimisten unter ihnen – und das waren Wenige – hatten Hoffnung, irgendeine Spur von Peter zu finden. Eine *neue* Spur, nicht noch einen Finger. Davon hatten sie ja jetzt eine gute Sammlung, wenn auch keine komplette.

330 km Wanderwege gab es auf der Insel. Tendenz steigend. Für eine Insel, die nur 25 km im Durchmesser aufweist, ganz schön. Aber Peter wird ja wohl nicht gerade dekorativ auf einem *Sendero* herumliegen. Also gingen sie auch kreuz und quer, abseits von den Wegen, was nicht immer einfach war.

Carola hatte sich Jens aufgedrängt, wieder mal in der Hoffnung, dass sein Wissen auf sie abfärben würde und weil dieser Weg angeblich nicht so steil war. Sie wollte ihre Knie schonen und mied deshalb steile Abstiege. An einen Erfolg ihrer Suche glaubte sie nicht.

Wie nicht anders zu erwarten war, kannte sich Jens bestens aus. Es war ein nahezu romantischer Weg, mitten im Park. War. Denn nun herrschte eindeutig die Farbe Schwarz vor. Neue Triebe keimten auf, die Aufforstung hatte begonnen. Wie lange würde es wohl dauern, bis nichts mehr vom Brand zu sehen ist? Wie schnell würden sich die Sträucher und Bäume erholen? Wenn überhaupt. Jens konnte mal wieder Gedanken lesen. „Die Natur macht das schon. Selbstreinigung. Die braucht uns nicht.

Hat auch seinen Reiz, finde ich. So. Neue Strukturen. Und das junge Grün kommt mit dem Schwarz erst richtig zur Geltung." Carola wusste nicht recht, ob sie das in Ordnung fand. „Auf jeden Fall hat man jetzt eine weite Sicht. Vielleicht hilft uns das beim Suchen." Sie machte sicherheitshalber ein Foto und wollte etwas Optimismus verbreiten: „Auf dem Computer sieht man später mehr – vielleicht entdecken wir was". – „Ich bin gespannt, ob der alte Eukalyptus noch da ist oder ob sie den abgesägt haben", brummte Jens. Ihm war noch eine Stelle aus dem Buch von Juan Goytisolo in Erinnerung, in der er plausibel erklärte, warum die Spanier Bäume hassten. Gerade neulich wollte er diese nachschlagen, aber er fand das Buch nicht mehr. Wie hieß das gleich? Spanien und die Spanier. Verschollen.

Es dauerte nicht lange, an der Weggabelung, da stand er plötzlich vor ihnen. Ein riesiger, kerzengerader Eukalyptusbaum. „Ja, Eukalyptusbäume gehören nicht in den Lorbeerwald, sie sind artfremd, brennen leicht und müssen ersetzt werden" dozierte Carola. Kennen wir schon. Die Meinung des Direktors des Nationalparks. Kannte selbst Carola, diese Sprüche. Feinde des Waldes, wie die Kiefer. „Ist die Kanarische Kiefer, wie der Name schon sagt, nicht endemisch? Ist dann nur eine andere, eingeschleppte Kieferart böse oder alle?" Jens schien momentan keine Lust zu haben, über Sinn und Unsinn von Sortenreinheiten zu diskutieren. Für Carola war die Sache klar: Baum ist Baum. Und hatte sie schon Schwierigkeiten, die Tiere in gute und böse einzuteilen, sieht man von ekligen Insekten ab, so gelang ihr das bei Pflanzen und Bäumen überhaupt nicht.

Sie fand den Eukalyptusbaum schön. Dieser prächtige Stamm, mit mindestens einem Meter Durchmesser, unverkennbar die sich schälende Rinde. Wie hoch mag der wohl sein? 20 Meter? Mindestens. Und er roch so gut. Auch wenn weit und breit keine Koalabären in Sicht waren, für die er zumindest einen Nutzen gebracht hätte. Was heißt schon nützlich oder gefährlich. Was sind das für seltsame Kategorien, in die die Welt eingeteilt wird. Die meisten Menschen brachten keinen Nutzen. Zumindest konnte ihn Carola oft nicht erkennen. Schaden sehr wohl. Carola verlor sich mal wieder in Gott und die Welt, während Jens erstaunlich wortkarg die Natur durchkämmte. Den Teil, den das Feuer übrig gelassen hatte. Der Blick auf den Teide war wunderbar und unverstellt, man konnte sich gar nicht sattsehen, wie der Riese, um die 3.700 Meter hoch, majestätisch aus dem Wasser stieg. Als wäre er gerade eben zum ersten Mal aufgetaucht. Rechts hinter Teneriffa konnte man sogar in Umrissen Gran Canaria erkennen. Ein Traumwetter. Das gab's nicht so oft, diese herrliche Fernsicht. Schade, dass sie in einer traurigen Mission unterwegs waren und nicht zum Spaß. Eine gemütliche Pause mit Tee, Brot und Tomate, das hätte Carola viel besser gefallen. „Links oder rechts?" „Ich gehe links, du rechts", antwortete Jens knapp. „Und wo treffen wir uns?" „In einer Stunde wieder hier." „Du willst mich also verlassen, bevor's überhaupt losgegangen ist?" Jens überhörte die Anspielung und war schon unterwegs.

Also blieb Carola nichts anderes übrig, als auf dem Pfad einsam vor sich hinzustapfen. Abseits des Weges zu gehen, getraute sie sich nicht. Was, wenn Peter wirklich irgendwo herumliegt? Grausame Vorstellung. Da dachte sie lieber wieder an Gott und die Welt und ab und zu ein klein bisschen an Jens.

Steil, die Küste.

Wo andere sich mit wenig begnügen, dachte Sabine immer ein Stück weiter. Die Insel bestand ja schließlich nicht nur aus Vulkanerde, sondern hatte auch eine Küste. Genauer gesagt, eine Steilküste. Meistens. 85 % – wenn man dem Reiseführer, dem gedruckten, Glauben schenken konnte. Da bleibt einem gar nichts anderes übrig, als die Küste vom Boot aus abzusuchen.

Sie hatte ein kleines Fischerboot organisiert und fuhr mit Ramón, einem alten Fischer, aus dem kleinen Yachthafen der Hauptstadt. „Ziemlich viel Platz hier, im Hafen. Das sah doch vor kurzem noch ganz anders aus" fing Sabine eine Konversation mit Ramón an, um sein Vertrauen zu gewinnen und vom Motiv ihrer Ausfahrt abzulenken. „Ja, angeblich ist die Anlegegebühr zu teuer; *crisis,*" schickte er hinterher. Und Sabine interpretierte seinen Gesichtsausdruck als Lächeln, wenngleich es einige Mühe kostete, irgendeine Regung in seinem sonnengegerbten Gesicht zu erkennen. Seine Mütze hatte er tief ins Gesicht gezogen.

Sie bogen um die Hafenmauer, hinter Teneriffa ging die Sonne auf. Sie hätten Angeln mitnehmen sollen. Besser gesagt, eine Nylonschnur mit Haken, denn mehr brauchte man hier nicht, um auf Fischfang zu gehen. Eine kleine Krabbe an den Haken, manchmal waren es auch drei Haken gleichzeitig an einer Schnur, über die Hand ins Wasser hinuntergleiten lassen – und wenn man spürt, dass sich was bewegt, sofort heraufziehen. Wenn man Glück hatte, blieb ein Fisch dran. Oder zwei.

Aber sie waren ja nicht zum Spaß hier. An der *Cueva*, dem Strand, der gegenüber vom Hafen lag und früher nur durch einen

Tunnel zu erreichen war, ging eine Gruppe Taucher ans Werk. So früh schon? Sie luden gerade ihre Sauerstoffflaschen vom Karren. Über ihnen lag der *Parador*, das elegante Kolonialstil-Hotel mit schönem Garten und Pool, vor kurzer Zeit erweitert und renoviert. Ganz schön mutig, so nah am Abgrund ein Hotel zu bauen. Ab und zu lösten sich ein paar Felsbrocken aus der Wand. Aber im Grunde musste der Hügel ja wohl sicher sein.

Sicher, was ist schon sicher? Auf dieser Insel war gar nichts sicher. Wenn sie irgendwo ein Sinnbild für Vergänglichkeit gefunden hatte, dann hier. Sabine erinnerte sich, dass es an der Avenida Marítima, also an der Hafenstraße, früher eine Tankstelle gab. Bis zu dem Tag, an dem sich ein riesiger Felsbrocken aus der Wand löste und die Tankstelle in tausend Trümmer legte. So wie ein dicker Felsen die *Ermita* in *San Marcos*, am Strand von Agulo, dem Erdboden gleichgemacht hatte. Dort hatte sie früher sogar übernachtet. Mit ihrem Mann. Als sie noch nicht verheiratet und die Nächte noch romantisch waren.

Ramón ließ das Boot langsam mit dem Dieselmotor dahintuckern und Sabine packte ihr Fernglas aus. Sie wollte jeden Millimeter der Küste im Auge behalten. Sie waren schon ganz in der Nähe des Leuchtturms von San Sebastian. An der *Punta de San Cristóbal*. Kolumbus. Überall Kolumbus. Wie schnell das ging, mit dem Boot, an der Küste entlang.

„Da, da ist irgendwas!“ rief Ramón, „da auf dem Stein, da blinkt was.“ Eigentlich wollte Sabine nur der Vollständigkeit halber die Küste absuchen, insgeheim hoffte sie, dass sie nicht fündig würden. Und jetzt sah es so aus, als läge da tatsächlich etwas Menschenähnliches. Sie fokussierte ihr Fernglas. Eine Uhr reflektierte die frühen Sonnenstrahlen. Die Uhr war am Handgelenk eines Körpers. Eines menschlichen Körpers. Eines Mannes. Eindeutig.

Die Geduldsprobe.

Bevor Norberto zur Petersuche mit der kleinen Klara aufbrach, brachte er den Finger Nummer Sieben bei der Guardia Civil vorbei. Da wollte er ja sowieso hin, um Heinrich zu befreien. Teniente Padilla war nicht da, er wurde zu einem Ereignis, das er, der Kollege, nicht ausplaudern dürfe, abkommandiert. Ein Fund an der Küste. Mehr dürfe er nicht verraten.

Norberto bereute es schon, als er loszog, dass er sich bereiterklärt hatte, den Finger abzugeben, aber spätestens jetzt, als er vor dem Beamten stand, war er sicher, dass es ein Fehler war. „Kann ich mit Heinrich sprechen? Das ist ein Missverständnis. Sie sehen ja, er hat damit nichts zu tun. Er war eingesperrt, während das hier“ – er deutete auf das Bündel, Finger plus *Sanguinero* – „gefunden wurde. Wie hätte er das denn nach *La Laguna Grande* bringen können, so auf die Schnelle?“

„Tut mir leid, Señor, aber ich kann da momentan nichts machen“, erklärte der Kollege von der Guardia Civil. Gehen Sie nach Hause. Wenn Teniente Padilla zurückkommt, wird er entscheiden, was weiter geschieht. Und dann müssen noch die Formalitäten erledigt werden. Es liegt eine Anzeige gegen Ihren Freund vor, der nachgegangen werden muss. Sie hören von uns.“

Wie denn? Norberto war kurz davor, aus der Haut zu fahren. Sie wollten keinen Namen von ihm, taten so, als ob er nicht einen menschlichen Finger, sondern die Brotzeit fürs Frühstück abgegeben hätte und nun auf seinen Lohn für seine Auslagen wartete. Sie ließen ihn einfach stehen und wandten sich wichtigeren Dingen zu. Beispielsweise einen Kaffee zu organisieren. Denn ohne Kaffee ging gar nichts.

Norberto rannte ins Freie, um nicht direkt in der Amtsstube Amok zu laufen. Gut, dass er Pazifist war und keine Waffen bei sich trug. Er holte Klara ab, die drüben, über dem Barranco lebte, keine fünf Minuten von hier. Er war froh, seinen Ärger jemandem erzählen zu können, wenn er ihn schon nicht loswerden würde. Klara blickte ihn nur müde an, als sie auf dem Beifahrersitz Platz nahm, gähnte und schien noch in der Tiefschlafphase zu sein. Norberto redete ohne Unterlass, Klara gähnte, Norberto brüllte, Klara gähnte, Norberto kapitulierte. Klara sagte: „Und wie ist unsere Route?“

Fundstücke.

Sabine startete sofort einen Rundruf an ihre Reiseleiter, sofern sie nicht gerade in einem Funkloch steckten. Dann kam die Nachricht eben ein wenig später. Als SMS. Sie konnte ihnen aber nicht mitteilen, dass sie Peter gefunden hatten. Die Leiche auf der Felskuppe war nicht Peter. Soviel wusste Sabine. Sie hatte alle zehn Finger an beiden Händen. Den Rest würde sie hoffentlich von Teniente Padilla erfahren, der mit einem Schnellboot angerauscht kam und sofort alles absperren ließ, sich furchtbar darüber aufregte, dass Ramón die Leiche in seinen Fischkutter gezerrt hatte, anstatt alles so liegen zu lassen, wie sie es am Tatort vorgefunden hatten. Das weiß doch jedes Kind aus den Fernsehkrimis, aber nein, sie mussten ja den zerschundenen Körper mühsam über die Felsen schleifen. Wie sollten sie jetzt herausfinden, was die Todesursache war.

Immerhin hatten sie recht bald festgestellt, dass es sich bei dem Toten um Jorge handelte. Genannt San Jorge. Die Frage war: Ist Jorge von der Klippe am *Faro de San Cristóbal* gefallen, wurde er gestoßen oder ist er gesprungen? Oder war er im Wasser umgekommen? Tatsache ist, dass die Guardia Civil noch am selben Tag seine Wohnung durchsuchte, um der Sache auf die Spur zu kommen. Und dabei stießen sie im Tiefkühlfach seines Kühlschranks nicht etwa auf Vanilleeis oder Tintenfischlein, wie sich das gehört, sondern auf drei Finger. Drei menschliche Finger, wie unschwer zu erraten ist. Und noch einfacher war zu erraten, zu wem diese Finger gehörten. Zu Peter.

Aber wo ist der Rest von Peter? Und was hat Jorge mit Peter zu tun? Hat er ihn umgebracht? Hat er ihm die Finger abgeschnitten? Hatten sie gestritten und hat Peter Jorge von der Klippe gestoßen? Es war wie verhext. Kaum war eine Frage beantwortet, stellten sich hundert neue.

Ein Gutes hatte der Fund allerdings: Sie mussten Heinrich freilassen. Sabine hatte sich persönlich um ihn bemüht und Teniente Padilla überzeugen können, Heinrich sofort herauszugeben. Danach hatte sie ihren nächsten Rundruf mit dieser einzigen positiven Nachricht des Tages gestartet. Doch im Grunde waren sie keinen Schritt weiter. Es war eher rätselhafter als zuvor: jetzt hatten sie eine Leiche, aber die falsche. Sabine wurde gerade bewusst, was sie da gesagt hatte, korrigierte sich, äh, nein, wir müssen herausfinden, was dieser Jorge mit Peter angestellt hat und weiter suchen.

Der sechste Sinn.

Carola und Jens trafen sich wie vereinbart an der Weggabelung. Carola bedauerte jetzt wirklich, dass sie nichts für ein Picknick eingepackt hatte. Cava und Käse, zum Beispiel, noch besser als Brot und Tomate. Aber wer sich aufmacht, einen Toten (uuups...) zu suchen, denkt nicht gleich an Sekt und Kaviar. In diesem Moment erwischte sie der Anruf von Sabine. Sie waren nah genug an einem Handymasten, die auch vor dem Nationalpark nicht Halt machten und wie Pilze aus dem Boden schossen.

„Die Leiche war ein gewisser Jorge". Sabines Stimme klang seltsam gepresst am Telefon. „Jorge?" „Ja." „Jorge", wiederholte Carola. Jorge. Vielleicht führte die Spur von Jorge ja zu Peter. Carola war sich sicher. Die Steinchen passten in ihr Mosaik. *Mil amores*, das kennen wir ja, Jorge war Carmitas Liebhaber. Enttäuschter Liebhaber. Heinrich war frei. Immerhin. Sie beschlossen, die Suche für heute aufzugeben. Eine Leiche am Tag genügt. Fast wäre es Carola rausgerutscht: Schade, dass es nicht Peter war. Dann hätte die Ungewissheit endlich ein Ende gehabt.

Carola setzte sich auf einen herumliegenden Baumstamm und holte ihre Aufzeichnungen heraus, die sie mittlerweile immer bei sich trug. Es könnte ja nochwas passieren, so wie heute. Oder ihr etwas Wichtiges einfallen. Sie ergänzte den siebenten Finger von gestern. Jens hatte sich langsam mit der Manie von Carola, denn eine solche musste es sein, abgefunden. Er erhob keinen Einspruch mehr. Es wussten ja sowieso schon alle. Auch schon wurscht.

Und wie ist er zu Tode gekommen? Das hatte Sabine nicht erwähnt, am Telefon. Der siebente Finger, gestern, wir erinnern uns, wurde präsentiert mit *Sanguinero*, irgendwas Blutrünstigem. Was heißt *Sanguinero* eigentlich genau?

Keine Ahnung. Sie vertraute mehr ihrer Phantasie als dem Wortlaut. Auch bei Übersetzungen muss man manchmal ein wenig phantasieren. Das wusste sie schließlich aus eigener Erfahrung. Für sie hieß es: Blutvergiftung. „Wer will hier wen vergiften? Sollte Peter etwa vergiftet werden? Das ist ein eindeutiger Hinweis auf Gift. Wir hatten doch schon einmal Gift..." – „Im maurischen Tabak" kürzte Jens Carolas Nachdenken ab, um die Sache schneller zu einem Ende zu bringen.

Sieben. Eine magische Zahl. Eine mystische Zahl. „Sagtest du nicht, Jens, Carmita und Peter seien sieben Jahre verheiratet gewesen? Wollte etwa Carmita Peter loswerden? Vergiften? Im verflixten siebenten Jahr ihrer Ehe? Hat sie ihn vergiftet?" Jens schwieg hartnäckig. Wenn schon Antworten ihre Spekulationen nicht abkürzten, dann vielleicht sein Schweigen. Carola fuhr fort, unbeirrt. Sie redete für sich. „Schließlich ist er ja nicht aufgetaucht. Sieht man von den kleinen Einzelteilen ab. Fehlen noch mindestens 80 Kilo Restpeter. Blutvergiftung."

Insgeheim kam auch Jens die Sache komisch vor. Er durfte es nur nicht zugeben.

Irgendwann kommt alles raus.

„Señora, es tut uns leid, dass wir Sie noch einmal belästigen müssen." Teniente Padilla war heute ausgesprochen gut gelaunt und freundlich. Er erkannte seine Chance, den lästigen Fall endlich zu den Akten legen zu können. Dann durfte er wieder nach Hause, nach Teneriffa, wenngleich er kein Kanare war, sondern ursprünglich vom spanischen Festland stammte. „Peninsular". Aus Burgos. Diese Kartoffelinsel, wo es nicht einmal eine Ampel gibt, wird er danach hoffentlich so schnell nicht mehr betreten müssen. In der Regel passiert hier nichts Aufregendes. Abgesehen von ein paar Männern, die mit Waffen auf ihre Frauen losgehen, das hat man ja überall, und ein paar Diebstählen oder Drogendelikten, ab und zu. Ansonsten ist La Gomera überaus friedlich. So friedlich, dass es an Langeweile grenzt. Zumindest dann, wenn man beruflich darauf angewiesen ist, dass etwas passieren sollte. Auf Dauer sehr frustrierend. Davon können auch die täglichen Verkehrskontrollen nicht ablenken.

Padilla schilderte Carmita den Fund von Jorge in allen Einzelheiten. Carmita passte langsam ihre Gesichtsfarbe der weißen Wand hinter ihr an, verzog aber ansonsten keine Miene. „Señora Schmidt, Sie kennen Jorge M. H. aus Ihrer Jugendzeit?" „Ja, wir kannten uns schon als Kinder. Der arme Jorge. Er war etwas einfältig, aber ansonsten ganz patent." „Haben Sie eine Ahnung, warum Jorge am Faro war und was er dort zu suchen hatte?" „Nein, Teniente, keine Ahnung. Mein Kontakt mit Jorge war nicht so, dass ich über jeden seiner Schritte informiert gewesen wäre."

„Kannte Ihr Mann Jorge?" „Ja, die beiden kannten sich, aber sie mochten sich nicht besonders." – "Wie darf ich das verstehen?"

„Jorge ist, pardon, war, wie ein kleiner Junge. Er war einmal in mich verliebt. Unglücklich, wohlgemerkt. Und irgendwie hatte Peter das Gefühl, Jorge wollte ihn am liebsten aus dem Weg räumen. Apropos, Teniente, möchten Sie einen Kaffee, einen Whisky?, hat man denn schon eine Spur von meinem Mann?“, versuchte Carmita abzulenken. „Eine Spur nicht, Señora, nur noch drei ... er zögerte“ ... „drei Finger?“, ergänzte Carmita entsetzt. „Noch drei Finger meines Mannes? Wie und wo haben Sie sie gefunden? Und warum weiß ich davon nichts?“ Jetzt kam die Farbe wieder in Carmitas Gesicht zurück. Es war die Farbe des Zorns. Am liebsten hätte sie jetzt laut losgebrüllt: „Dieser Idiot von Jorge, der hat alles vermasselt. Nur weil er geglaubt hat, er könne mich erpressen. Liebe kann man nicht erzwingen.“ Aber sie sagte nichts. Sie schluckte. Sie schluckte ihren Ärger hinunter. Es sah nach Betroffenheit aus. „Sie waren bei Jorge in der Tiefkühltruhe.“ „Was? Und Peter, mein Mann? Wo ist er?“„Tut uns leid, Señora Schmidt, das wissen wir leider nicht.“ „Was wissen Sie denn überhaupt?“ fuhr Carmita den Teniente an. „Wir wissen, dass Sie mit Jorge kurz vor seinem Tod telefoniert haben. Wie Sie in letzter Zeit überhaupt häufig mit Jorge telefoniert haben. Oder sagen wir besser: Sie haben versucht ihn zu erreichen. Und dann hat er abgehoben. Lag er deshalb tot am Meer?“ – „Ich bitte Sie! Was soll das? Normalerweise enden Telefonate, wie Sie wissen, Señor Teniente, nicht tödlich. Und was weiß ich, was den lieben Jorge ins Meer trieb.“ – „Was wollten Sie von ihm?“ – „Fragen Sie lieber, was er von mir wollte.“

Carmita wechselte die Tonart. Sie fing an zu jammern: „Er hat mich erpresst, er wollte von mir irgendwelche Papiere, die Peter hatte, was weiß ich, keine Ahnung, er drohte mir. Vielleicht hat er Peter umgebracht, vermutlich. Sicherlich. Wie kommen denn sonst die Finger in seine Tiefkühltruhe. Und jetzt will er mir irgendwas in die Schuhe schieben. Ich bin das nächste Opfer." – „Darf ich Sie daran erinnern: Jorge ist tot."

Sie heulte und schluchzte laut. Das zog immer. Heulende Frauen waren für jeden Mann ein Graus. Das schlimmste, was einem passieren konnte, abgesehen von Frauen, die von Hitzewallungen heimgesucht werden und von der Menopause reden.

Auch Teniente Padilla war nur ein Mensch. Ein Mann.

Er reichte Carmita ein Taschentuch. „Beruhigen Sie sich. Es wird sich alles aufklären. Wir werden alles aufklären." Doch das war es ja gerade, was Carmita beunruhigte.

Es stinkt zum Himmel.

Dass die Verschläge, in denen Schweine oder auch Ziegen gehalten werden, häufig strenge Gerüche verbreiten, war man gewohnt. Aber dass aus einem solchen Verschlag, einer Mischung aus Betonsteinen, alten Türen, Stangen, allen Varianten von Abfall, Bambus und einer *Plancha*, sprich Wellblechdach, ein derart vernichtender Gestank entwich, war selbst den ansonsten scheinbar geruchsresistenten Nachbarn zuviel. Zudem hörte man kein Quietschen, kein Mäh, kein Muh – vermutlich war die Ziege jämmerlich eingegangen, vom Hitzschlag getroffen oder elendiglich verdurstet. Der Besitzer der Hütte war seit Tagen nicht mehr gesehen worden. Also riefen die Nachbarn die Polizei.

Der Dorfpolizist öffnete den Verhau und trat erschrocken einen Schritt zurück, so dass er beinahe in die Disteln gefallen wäre. „O Gott, heilige Mutter Gottes," entfuhr es ihm unwillkürlich, als eine Horde von Fliegen und anderem Getier aus dem Kasten herausquoll und den Blick auf ein verwesendes Stück Körper freigab. Es dürfte wohl ein Mensch gewesen sein, kein Schwein, keine Ziege, denn Tiere waren in der Regel unbekleidet. Dieses Fleisch hatte jedoch eine Hose an und ein T-Shirt mit der Aufschrift „Provinz ist, wo ich bin". Wie zum Hohn blühte um ihn herum das Baldriangewächs *Hierba San Jorge*.

Tonio, der Polizist, schwang sich auf sein Moped, um im Fahrtwind wieder Luft zu bekommen und fuhr zunächst einige Kilometer Richtung Dorf. Der Fundort lag oberhalb von Alajeró, im Süden der Insel. Bei der ersten Kneipe angekommen, machte er einen Stopp, bestellte sich ein Wasserglas voll mit *Parra*, dem hiesigen Tresterschnaps, und rief dann Verstärkung.

Es sprach sich blitzartig herum, dass Jorge, der Besitzer des Ziegenstalls, tot auf einem Felsen gefunden wurde – und dass der Leichnam, den er, so wie's aussieht, versteckt hatte, der tote Reiseleiter Peter war. Die Leiche war fingerlos. Teniente Padilla war zufrieden. Jetzt war das Bild komplett: Jorge wollte Peter erpressen, dieser weigert sich zu zahlen, es kommt zum Streit, Jorge sticht zu und versteckt den toten Peter. Er bedroht Carmita und schüchtert sie ein. Er sagt, er habe Peter als Pfand. Sie würde von ihm hören und Beweise bekommen. Sie behauptet, Peter sei auf Reisen, weil sie glaubt, Jorge hinhalten und umstimmen zu können. Schließlich war er ein alter Verehrer von ihr.

Doch Jorge ist nicht zu beruhigen. Carmita wird langsam unruhig und sucht ihren Mann. Jorge lockt sie zum Faro, um auch sie loszuwerden, bevor sie auspackt. Doch er hat nicht mit der schnellen Reaktion von Carmita gerechnet. Notwehr. Eindeutig. Und dann ist er den Abhang hinunter gefallen. Ein Unfall. So war's. Genau, wie die arme Witwe Carmita ihm das gebeichtet hatte. Fall abgeschlossen. Verbrechen aufgeklärt. Alle können wieder beruhigt sein. Nur Sabine muss sich einen neuen Reiseleiter suchen.

Jetzt kann Teniente Padilla das Weihnachtsfest, das schon in ein paar Tagen auf dem Kalender stand, daheim mit seiner Familie feiern. In Guimar, Teneriffa. Prima.

Das Leben geht weiter.

Wo überall Peter seine Finger drin hatte, konnte nie mehr geklärt werden. Carmita wusste angeblich von nichts. Walter schwieg. Er wollte nicht das Erbe von Peter antreten. Jens war's sowieso egal. Eigentlich hätte man Peters Nase finden müssen. Weil er die auch überall reingesteckt hatte. In Dinge, die ihn nichts angingen. Wie die meisten meinten. Das bleibt nicht ungestraft.

Teniente Padilla, der anfänglich so unwirsch zu Carmita war, wandelte sich nach dem Heulanfall der Witwe und zeigte sich zunehmend verständnisvoll. Das hatte den Vorteil, dass er diesen Fall als geklärt betrachten konnte. Nicht zuletzt, weil Weihnachten vor der Tür stand, das ja bekanntlich das Fest des Friedens ist. Und was sollten die Menschen anderes tun auf Erden, als Ruhe zu geben und sich zu versöhnen. Das wollte er tun. Am liebsten daheim, ohne Leichen, ohne Finger, ohne Verdächtigungen. Feiern mit der Familie, mit einem schönen Stück Fleisch, von der Ziege oder dem Schwein, mit ein paar neuen Kartoffeln und *ñames* oder Bohnen auf dem Tisch. Darauf freute er sich.

Offiziell klang das so: Die Guardia Civil hatte in der modernen Gesellschaft eine moderne Aufgabe. Das Zusammenleben der Menschen zu regeln. Friedvoll. Und der Fall war völlig klar. Jorge brachte Peter um und fiel dann, in einer Auseinandersetzung mit Carmita, in den Abgrund. Nachdem er sie schändlich erpresst, tätlich angegriffen und sie sich heldenhaft verteidigt hatte. Zeugen gab es keine. Zwei Tote schweigen.

Sabine konnte das alles nicht glauben. Mord! Auf der beschaulichen Insel bringt jemand Peter um und steckt ihn dann in einen

Ziegenstall, nachdem er ihm die Finger abgeschnitten hat. Wozu? Was soll das? Jetzt, mitten in der Hochsaison, zu Weihnachten, verlor sie einen ihrer besten Reiseleiter. Und einen guten Freund dazu. Wenigstens hat sich Carola einigermaßen schnell eingearbeitet. Noch vor dem Jahreswechsel kommt das nächste Kreuzfahrtschiff. Hoffentlich wird die Story nicht publik. Sie fürchtete negative Auswirkungen auf den Tourismus. Und um den Ruf ihrer kleinen Agentur. La Gomera, die Mörderinsel. Keine gute Reklame. Oder eventuell gerade?

Bestimmt gibt es Touristen, die auf ein wenig Gruseln stehen. Warum nicht? Sie muss bald die neuen Pläne für die nächsten Touren ausarbeiten. Vielleicht sollte sie eine Mordsroute zusammenstellen: El Cedro, Los Aceviños, La Laguna Grande, die Klippe und der Faro von San Sebastian, der Ziegenstall in Alajeró ... ? Das wäre mal was anderes. Gibt es nicht schon so etwas wie Katastrophen-Tourismus?

Nur Carola blieb von alldem unberührt. Kein Mensch konnte sagen, warum sie Stein und Bein weiter auf ihre Finger-Theorie schwor und auf ihren Absurditäten beharrte. Für sie war nichts geklärt. Sie war davon überzeugt, dass jemand mit den Fingern eine Spur zu Carmita legen wollte und dass die Aufklärung in der Beilage steckte, in den Pflanzen. Die Sache war beileibe nicht so einfach wie viele bereit waren sie darzustellen. Sie konnte nicht verstehen, warum sich die meisten Menschen mit einfachen Erklärungen zufrieden gaben.

Immer diese dummen Gedanken.

Carola betete ihre Theorien vor sich hin, als müsse sie das Einmaleins auswendig lernen. Also, noch einmal: Finger eins. *Amor seco.* Vertrocknete Liebe. Von Peter und Carmita? Sicher. Finger zwei. Stechpalme, *Aceviños* in *Los Aceviños*, Ort des Geschehens, wo die Liebe vertrocknet und in der Seele sticht. Finger drei, die *Potaje de Berros*, Kressesuppe, dagegen ist kein Kraut gewachsen, es gibt keinen Ausweg. Endloses Suppekochen. Frustration. Finger vier, es droht Unheil, *espuma de mal.* Schlechter Schaum. Schaumschläger? Finger fünf. *Tabaco moro*, der maurische Tabak, macht keinen Sinn. Und die anderen drei Namen, wie waren die gleich? *Malgusto*, schlechter Geschmack, *Mimo* – Liebkosung, Schmeichelei! – oder *Venenero*: der Giftige?, der Vergiftende? Wollte Carmita Peter vergiften? Weil er sie nicht verwöhnt hat? Weil er einen schlechten Geschmack hatte? Oder Sie? Finger sechs. *Mil amores.* Tausend Lieben. Das Motiv. Carmita hatte mehrere Liebhaber. Jorge? Jesús? Sonst noch jemanden? Finger sieben. Das blutige Ende. Es war kein Gift. Er wurde erstochen. Das hatte die Obduktion ergeben. Von Jorge? Oder war es Carmita? Carmita schneidet schließlich nicht selbst ihrem Mann die Finger ab, kocht sie in der Suppe und legt eine Spur, die direkt zu ihr führt. Es war Jorge. Aus enttäuschter Liebe. Rache. Sieben Finger. Ein Finger für jedes Jahr Ehe. Vermutlich wollte er die restlichen drei Finger nicht mehr in Umlauf bringen. Oder war's ganz anders?

Sie konnte es drehen und wenden wie sie wollte, zum Schluss kam sie immer wieder auf Jens. Kein Anruf. Kein Wort. War er sauer? Hielt er sie für bescheuert? Sollte sie ihn anrufen?

Es klopfte. Niemand an der Tür. Es war der Wind. Sie war so vertieft in ihre Gedankenspiele, dass sie nicht bemerkt hatte, wie ein Sturm aufzog. Die Fensterklappe knallte auf und zu. Zuerst der Wind, dann fängt es an zu regnen und dann fällt der Strom aus. So kannte sie es. Das Geräusch erinnerte sie an einen Urlaub vor etlichen Jahren, als sie noch gomeraunerfahren war. Sie saß in einem kleinen Häuschen, im unteren Dorf von Agulo. Gemietet für drei Wochen. Der Wind knallte die Tür zu, als sie kurz hinausgegangen war. Peng. Ausgesperrt. Sie rannte gegen die Böen an, bei strömendem Regen, um jemanden zu finden, der ihr die Tür öffnen konnte. Immerhin, das ging gut. Dann saß sie 24 Stunden in der Hütte und fürchtete bei jedem Donner, der Berg könnte niederkommen und das Dorf unter sich begraben. Es gab keinen Strom, nur ein paar Kerzen. Kaltes Wasser, kein Radio, kein nichts. Gut, dass sie noch die Gasflamme am Herd hatte. Sie fühlte sich von Gott und der Welt verlassen und hilflos. Ausgesetzt.

„Das ist lange her", tröstete sie sich. Heute haben sie das im Griff mit dem Strom und hier bin ich sicher. Es wird mir schon nicht das Dach auf den Kopf fallen (höchstens die Decke) und der Berg bleibt, wo er ist. Dafür gibt es nach dem Regen einen fulminanten Wasserfall, zur Freude aller.

Sie malte auf ihrem A3-Block herum, um sich abzulenken. Sie hatte bereits einen ganzen Stapel Papier vollgekritzelt und Skizzen angefertigt. Vor ihr lang ein Gewirr aus Farben und Linien, Knoten und Windungen, Bilder und Namen. Plötzlich sah sie es. Die Lösung. Sie war sich jetzt sicher. Ihre Intuition. Eindeutig. Es war nicht Jorge. Carmita wollte Peter loswerden. Sie hatte Jorge nur benutzt. Aber sie hatte ihn unterschätzt. Sie hatte gedacht, Jorge würde, wie immer, das tun, was sie ihm sagte. Ein Auftragsmord. Und Jorge sollte sicher die Leiche verschwinden lassen. Doch das hatte seinen Preis. Und diesen Preis wollte Carmita nicht zahlen. Ewige Liebe, ha!

Was sollte sie jetzt tun? Bei Wind und Wetter zu Carmita fahren, sie zur Rede stellen? Jens um Hilfe bitten? Bei Sabine anrufen? Oder doch lieber abwarten und Tee trinken? Sie machte schon mal Wasser heiß. Klopfen. Das war nicht die Fensterklappe. Der Wind hatte längst nachgelassen, ohne dass sie es bemerkt hatte. Das war die Tür. Elias! Er stand wortlos da mit Kartoffeln und Eiern. „Realität“ murmelte sie. Sie hatte sich so in ihre Phantasien verbohrt wie die Raupe in die Erdbeere, die sie heute morgen essen wollte.

„Alles wird gut“ dachte sie, als ihr Elias die *autodates* überreichte. Die Engländer haben alles mögliche auf die Insel gebracht, auch lustige Namen. *Up to date* sagten sie zu den Kartoffeln, auf der Höhe ihrer Zeit. Die Gomeros, nicht ganz so up to date, machten daraus „autodates“, gesprochen wie geschrieben. Carola glaubte lange, dass dieser Ausdruck eigentlich den Tomaten galt und es ursprünglich *out of date* hieß, aus der Zeit gefallen, weil sie außerhalb englischer Erntezeiten reiften, im Winter: *tomate autodate*. Gomerischer Reim. Doch da war wohl Carola einmal mehr auf den schönen Klang hereingefallen. Ein Missverständnis, eine Falschinformation, eine Fehlinterpretation. Davon gab es in der menschlichen Kommunikation schließlich genug.

„Spanier, die englisch sprechen, verstehe ich nicht,“ sagte sie zu Elias, dessen Spezialität es war, die Namen von Popgruppen beinhart auf Spanisch auszusprechen. Deep Purple, beispielsweise. So, wie man's schreibt. Carola hatte einen Songtext von Joaquín Sabina mindestens zweitausend Mal hören müssen, um herauszufinden, dass das Wort *filin* nicht spanisch war, auch *fill-in* auf Englisch keinen Sinn ergab, sondern er das englische Wort „feeling" meinte. Fiiieeeling.

Ausgespielt.

Der Tee hatte nicht lang genug gezogen, um eine beruhigende Wirkung zu entfalten. Als Elias gegangen war, beschloss Carola, Carmita aufzusuchen. Sie wird ihr ihren Verdacht ins Gesicht sagen. Dann muss sie reagieren. Wäre Carola bei klarem Verstand gewesen, hätte sie gewusst, dass das aussichtslos und außerdem eine dumme Idee war. Und wem sollte sie ihre Erkenntnisse mitteilen? Etwa Teniente Padilla, der sich so schnell wie möglich aus dem Staub gemacht hat? Auf Jens konnte sie nicht zählen. Ach Jens, der würde sie nur bremsen wollen. Schade.

Sie stieg ins Auto und machte sich auf den holprigen Weg nach Los Aceviños. Sie wich den Steinen und Erdhaufen aus, die der Wind auf die Straße geworfen hatte. Sie stellte ihren Panda am Dorfeingang ab, touristenmäßig, muss ja keiner wissen, wo sie hin wollte.

Fast schlich sie zu Carmitas Haus. Das Fenster war offen. Carmitas Stimme war deutlich zu hören. Carola warf einen kurzen Blick ins Innere: Sie lief in ihrem Wohnzimmer auf und ab und sprach vor sich hin. Sie redete offensichtlich nicht mit ihrem Holzwurm, sondern telefonierte. „Jesús, ich komme um 17.40 an. Holst du mich ab?" ... „Ich brauche dich jetzt! Ich und mein Baby, wir können doch nicht" ... „Nein, es ist alles in Ordnung, der Fall ist abgeschlossen." ... „Das weiß doch keiner und das wird auch niemand erfahren."

Carola konzentrierte sich, um ja kein Wort zu verpassen. Also Jesús. Und sie war schwanger? Von wem? Sie wusste sofort, worum es ging. „Was hätte ich denn tun sollen, Jesús, ich hatte doch keine andere Wahl! Er wollte mich erpressen, er hat die Leiche nicht verschwinden lassen. Die Finger. Die Spur hätte direkt zu mir geführt!" Carola hielt fast die Luft an. „Ja, ich weiß, du hast dir das so schön ausgedacht, der perfekte Plan. Der war gut. Die spanische Fliege. Da wäre keiner drauf gekommen. Niemals." Carola dachte an die Rüsselkäferwanderung. Spanische Fliege! Das ist ja raffinierter als gedacht! Jetzt nur nicht abschweifen ... Carmita: „Das Leben verläuft nicht nach Plan. Leider. Und dann war's halt passiert. Es war ein Unfall, ich wollte nicht zustechen. Es ist plötzlich passiert. Er hat das provoziert. Manchmal glaube ich, er hat es so gewollt." Pause. Lange Pause. Gerne hätte sie gehört, was Jesús am anderen Ende der Leitung zu sagen hatte. So musste sie mit dem Vorlieb nehmen, was Carmita von sich gab: „Ich liebe dich, bis gleich, beso".

Carola durfte jetzt nicht durchs Fenster sehen! Hoffentlich hört Carmita ihren Herzschlag nicht. Ist Carmita noch da? Wenn sie aus dem Haus geht, wird sie sehen, wie sie hier an der Wand lehnt. Starr. Sie muss weg. Hinters Haus. Carola rennt. Leise! Sie sinkt erschöpft auf einen Holzstumpf. Langsam setzten sich die Sätze wie ein Puzzle zu einem Dialog zusammen. Fehlt nur noch der Sinn.

Der Wagen von Carmita startete. Alarm in Carolas Gehirn. Nie im Leben hätte sie gedacht, dass ihre Theorien stimmen könnten! Für sie war es ein Experiment, ein Spiel, eine Laune, das wurde ihr in dieser Sekunde bewusst. Was nahm sie überhaupt noch ernst? Sie hatte sich einen Krimi ausgedacht, weil der Mensch ja irgendwas denken muss. Unterhaltung auf höchstem Niveau, Denken, ein Luxus, den sich sowieso nur wenige leisten wollten, wie ihr schien. War sie noch im richtigen Leben? Oder war das ein Film? War sie im falschen Film? Was lief hier ab?

Es ist nicht leicht, von einer Insel auf die Schnelle wegzukommen. Wer nicht schwimmen will, muss die Fähre nehmen oder das Flugzeug. Carmita fährt bestimmt erst nach Teneriffa, zu Jesús. Es wäre noch Zeit, Teniente Padilla anzurufen und ihm alles zu erzählen. Warum hat sie nicht auf „Aufnahme“ gedrückt, bei ihrem Mobiltelefon? Im entscheidenden Moment versagt. Blockiert. Sie hatte nichts in der Hand. Padilla wird sie wieder auslachen, so wie sie schon einmal weggeschickt wurde, als sie mit ihrer Geschichte von den Pflanzen ankam. Sie fühlte sich plötzlich mutlos, ausgepowert, ohne jede Energie. Leer, als hätte jemand die Luft aus einem Ballon ausgelassen.

Sie ließ die Arme sinken, das Handy fiel zu Boden. Es bimmelte. Es dauerte eine Weile, bis sie wie in Trance auf die grüne Taste drückte: „Carola, was machst du? Hast du Lust auf ein entspanntes Abendessen?“ Sie hatte das Gefühl, dass die roten Flecken jetzt nicht nur im Gesicht waren, sondern sich rasant über den ganzen Körper ausbreiteten.

Eine Stunde später saß sie bei Jens auf der Terrasse und wusste nicht, ob ihr neues Leben eine Phantasie, ein Albtraum oder die raue Wirklichkeit war. Jens schenkte nach. Der Wein war endemisch.

***

ANHANG

Lexikon.

el / la guía	Reiseführer, ReiseleiterIn
mirador	Aussichtspunkt /-lokal
autónomo, autónoma	selbständig
Agulo limpio	„sauberes Agulo“ (Agulo soll sauber bleiben) Slogan der Müllabfuhr
si Dios quiere	so Gott will
un kilo de papas, por favor!	Ein Kilogramm Kartoffeln, bitte!
papas fritas	Pommes frites
„Tráfico“	„Verkehrspolizei“; tráfico = Verkehr
exceso de velocidad	Geschwindigkeitsüberschreitung
potaje de berros	Kressesuppe
queso blanco	weißer Käse (meist Ziegenfrischkäse)
gofio	geröstetes, gemahlenes (Mais-)mehl
„cemento gomero“	gomerischer Zement
Mudéjar	Mudejar-Schnitzerei (maurisch)
Torre del Conde	Der Turm des Grafen
Almogrote	typisch gomerische Käsecreme
Papas arrugadas	Runzelkartoffeln
Mojo (rojo / verde)	rote oder grüne Soße
Carne Fiesta	gebratene Fleischstückchen

el teléfono al que llama está apagado o fuera de la cobertura	Das Telefon, das Sie gewählt haben, ist ausgeschaltet oder außerhalb des Empfangsbereichs.
bocadillo	belegtes Brötchen
a la plancha	vom Grill
lomo	Schweinelende
todo	alles
vino del país	Landwein aus der Region
ferretería	Eisenwarenhandlung
Tabaco moro	maurischer Tabak
Gambas al Ajillo	Garnelen in Knoblauch
Ayuntamiento	Rathaus
hace frío!	es ist kalt
Chocos a la Plancha	Tintenfisch (Sepia) vom Grill
chupito	kleines Glas Schnaps (Stamperl)
pan gallego	galizisches Brot (Stange Weißbrot)
tal y cual	und so weiter; so und so
quiero un abogado	ich möchte einen Anwalt
no es así	das ist nicht so, das stimmt nicht
faro	Leuchtturm
sendero	Wanderweg, Pfad
crisis	Krise
cueva	die Höhle
Parador	Hotel (staatliche Hotelkette)
ñames	Jamswurzel

REZEPT

potaje de berros, Kanarische Kressesuppe
(für vier Personen)

Zutaten:
500 g frische Kresse „berro“
250 g weiße Bohnen
1,5 kg Kartoffeln
250 g gepökeltes Schweinefleisch
1 Maiskolben
1 Zwiebel
1 Tomate
2–3 Knoblauchzehen
1 große Paprikaschote
Safran und Speiseöl

Vorbereitung:
Schweinefleisch und Bohnen am Vortag, getrennt voneinander, einweichen.

Zubereitung:
Bohnen im Wasser aufsetzen, sobald das Wasser kocht, abschrecken.
Die kleingeschnittene Kresse, Fleisch und Maiskolben hinzufügen, durchkochen lassen. Kartoffeln, Zwiebel, Tomaten und Paprikaschote kleinschneiden, den Knoblauch im Mörser pressen und zusammen mit ein paar Safranfäden und etwas Olivenöl an die Suppe geben und garen.
Dazu kann man frischen Ziegenkäse mit zerhackten Zwiebeln servieren.

Printed in Poland
by Amazon Fulfillment
Poland Sp. z o.o., Wrocław

51224656R00116